女子大生つぐみと邪馬台国の謎

鯨 統一郎

ハルキ文庫

JN151002

角川春樹事務所

女子大生つぐみと邪馬台国の謎

邪馬台の考証時代は既に通過したり、今は其地を探験すべき時期に移れり。

久米邦武

森田《もりた》圭介《けいすけ》は崖《がけ》の上に立っていた。

（ついに金印を見つけた）

森田圭介の軀《からだ》が小刻みに震えている。

（まさか、こんなところにあったなんて）

邪馬台国《やまたいこく》の所在地を特定する〝親魏倭王《しんぎわおう》〟の文字が刻印された金印は日本中の歴史家たちが探していたが見つからなかったものだ。

（しかも僕が発見するとは）

軀の震えに加え胸の鼓動も大きくなる。

（どうやって発表する？）

圭介は崖の下に目を遣《や》る。

（慎重に考えないと）

圭介の頭脳は目まぐるしく回転し始めた。

＊

三十歳前後と思《おぼ》しき女と五十歳を超えていると思われる男が日が暮れたテーマパークの噴水の前で抱きあい唇を重ねていた。

灯《あか》りは遠く二人の影は闇《やみ》に紛れている。

女は身長百六十センチほど。肉感的な軀をミニのビジネススーツで包んでいる。

男は女よりも十五センチほど背が高い。白のストライプが入ったスーツに綻《ほころ》びは見られない。ロマンスグレーの頭髪はジェルで固められている。

どのくらいの間、二人はお互いの唇を貪《むさぼ》りあっていたのだろう。男は顔を離すと女に「このテーマパークをお前のものにしろ」と言った。女は「するわ」と応《こた》えた。

二人は抱きあったまま至近距離でお互いの眼《め》を見つめあった。

「容易なことではないぞ」

「わかってるわ」

「お前の素行の悪さが評判になり始めている」

「知ってるわ。あなたとの仲だって疑っている人がいる」

「誰《だれ》だ？」

「社長よ」

「私が社長になれば、そんな声は黙らせることができる」

「このプロジェクトが成功しない限り、あなたが社長になる事はないわ」

男は唾《つば》を飲みこんだ。

「あなたもわたしもこのプロジェクトが失敗したら失脚するわ。あなたとわたしは運命共同体になったのよ」

「わかっている。だからこそ、このプロジェクトはなんとしても成功させなければならない」

「成功させるわ。わたしの力で」

「できるのか？」

「やるしかないわ。どんな手を使っても」

「どんな手を使っても？」

「あなたも腹を括《くく》ってよ」

二人は再び唇を重ねた。

＊

六月末——。

パーティ会場で三人の男性がグラスを片手に談笑していた。

中央に立つのは長谷川徳臣《はせがわのりおみ》。五十三歳。今回の古代史シンポジウムおよび懇親パーティのスポンサーであるコスモ総合商事側の担当者である。身長は一七五センチ。贅肉《ぜいにく》のない引き締まった体軀《たいく》を白いストライプの入ったスーツに包んでいる。ロマンスグレーの頭髪は緩いジェルで固められている。

「先生がた。今日はありがとうございました」

長谷川徳臣は交互に頭を下げた。

ここは古代史——特に邪馬台国に関する問題が論じられたシンポジウムが終わった後の懇親パーティの場だった。

邪馬台国とは二世紀後半から三世紀にかけて日本に存在した女王国である。三十余りの国々を統属した倭《わ》国の盟主で女王の卑弥呼《ひみこ》は鬼道《きどう》を操り人心を掌握したという。

「とんでもない」

森田圭介が長谷川徳臣に頭を下げる。森田圭介は四十八歳。孤高の歴史研究者である。

身長は百七十センチを少し超えた辺りか。頰《ほお》の辺りが多少、膨らみ気味ではあるが端整な顔立ちをした男性だ。髪の毛は天然らしきウェイブが軽くかかっている。

「こちらこそ、こんな豪華なレセプションに呼んでいただいて恐縮です」

懇親パーティは立食形式で会場には寿司《すし》や蕎麦《そば》を配るブースを始めとしてローストビーフを大型のナイフで切り分けるブースや水割りやワインなどのアルコール類を提供するカウンターなどが設置され賑《にぎ》わっている。

壇上では邪馬台国＝近畿《きんき》説に大きな貢献をした嵯峨《さが》大学史学科の若き教授、菅原陽一《すがわらよういち》が挨拶《あいさつ》をしている。菅原陽一が身につけているスーツはブランド物の高級品のようだ。

「料理は一流です。京都オリオンホテルのシェフだった男が手がけていますから」

「道理で、どの料理もおいしいと思いました」

「先生に喜んで頂けてホッとしました」

「先生はやめてください。僕は菅原の手伝いをしているだけですから」

「菅原先生には、お忙しいところ無理をお願いしてしまいました」

「菅原は昨日、中国から帰ってきたばかりですからね」

「それなのにシンポジウムとレセプションへの参加をお願いしてしまいまして」

「彼はタフですから。長谷川さんもタフでいらっしゃるけど」

「私も出張は多いです。来月末はカンボジアに二週間ほど行ってきます」

「それは大変ですね」

「菅原先生と違って世知辛い用事ですよ。ロマンのない用事です」

「菅原はロマンチストでもありますね」

「その菅原先生が森田先生のことを絶賛していました。鋭い洞察力の持ち主だと。だからパートナーとして呼んだのだとも」

菅原陽一は一年ほど前に邪馬台国の比定地を奈良《なら》県巻向《まきむく》だと断定する論文を発表して反響を呼んだ。邪馬台国の比定地を巻向とする説は数多く存在するが菅原はさらに踏みこんで親魏倭王の金印が必ず巻向で見つかると断言した。

親魏倭王の金印とは西暦二三八年に魏の皇帝から邪馬台国の女王であった卑弥呼に贈られた印綬《いんじゅ》である。文字通り金で造られた印鑑だ。当時の日本の様子を記すただ一つの文献である中国——当時は魏——で書かれた〈魏志倭人伝〉にそのことが記されているが金印の実物はどこからも発見されていない。もし発見されれば、それは日本史上の一大発見となり、その金印は国宝となることは間違いないだろう。そればかりか金印が発見された地は邪馬台国の比定地として認定されるに違いない。長年に亘《わた》って続けられてきた邪馬台国はどこかという論争に終止符が打たれるのである。

菅原は論文の最後を〝私が巻向で金印を発見したいと思う〟と結んだ。複数のマスコミ媒体がそこに目をつけて取りあげた。その成果もあってかレジャーランド〈ヤマタイ〉のリニューアルを計画している総合商社のコスモ総合商事が菅原陽一に接触を図った。〝金印を一緒に探しませんか〟と。

コスモ総合商事は菅原に金銭的な全面バックアップを申しでた。金印を見つけるためには、いくらでも出すと。具体的な交換条件は求めなかった。日本史上の一大発見に少しでも携われるのならそれでいいと。結局はそのことが企業のイメージアップに繋《つな》がるのでそれが見返りだとも言い添えた。

菅原はその申し出を受けいれプロジェクトチームが発足した。といっても、もともと単独で行動することの多い菅原は手助けをさほど必要としなかった。菅原が呼んだのは旧知の森田圭介ただ一人だった。

「菅原先生は森田先生の野外調査の正確さ、精密さも絶賛されていました」

「フィールドワークは車で飛び回っています」

フィールドワークとは研究室以外で行う調査、研究などのことだ。

「自分の車は東京に置いてきましたがレンタカーを借りて」

「やはりフィールドワークは車ですか?」

「僕はそうじゃないと動けませんね」

「その辺りのフットワークの良さも菅原先生は評価なされてお呼びになったんでしょうね」

「フットワークがいい……と言えるんでしょうかね。車で現地に着いた後は歩きます。歩いて徹底的に話を聞きます」

「話？」

「はい。その土地に古くから伝わる言い伝え、伝承を土地の人に聞いて回るんです」

「それが歴史の役に立ちますか？」

「大いに」

「金印に関しても？」

「もちろんです」

圭介は自信に満ちた顔で答える。

「卑弥呼の金印に関しても方々で聞いて回っています。それが僕のやりかたなんです。人それぞれでしょうが」

「菅原先生が森田先生をお呼びになった理由が判《わか》ったような気がします」

「呼ばれて光栄ですよ。菅原にも。このレセプションにも」

「森田先生は人の集まる場所はお嫌いだと聞いていましたので来ていただけるかどうか心配していました」

「人嫌いというわけではないんですが……」

圭介は頭をかいた。

「人づきあいが苦手なだけで」

「でもフィールドワークでは現地の人の話をよくお聞きになる」

「そうですね。不思議な気もしますが、それが楽しいんです」

「今日も楽しんでください」

「ありがとうございます」

「宝井《たからい》先生も」

森田圭介と宝井幸三《こうぞう》の二人に笑みを残すと長谷川は別のテーブルに移っていった。圭介はポケットから手帳を取りだすとボールペンで文字を書き始めた。

「何を書いているんです？」

宝井幸三が訊《き》く。

宝井幸三は五十三歳になる。菅原の先輩の古代史研究家だ。大柄な男性で顔も臼《うす》のように大きいが垂れ気味の目のせいか相手に威圧感を与えるという事がない。顔にはいつも柔和な笑みを浮かべているか困ったような気弱そうな笑みを浮かべているか、どちらかだ。くすんだ色のズボンと皺《しわ》の寄ったワイシャツを着ている。

「京都オリオンホテルと」

「このパーティの料理を担当しているかたが京都オリオンホテルのシェフだったと言ってましたね」

「ええ」

森田圭介は手帳をしまった。

「実は恥ずかしながら京都オリオンホテルを知らなかったんです。それで後で調べようと」

「そうでしたか。自分の仕事以外のことでも研究熱心ですね。さすが菅原君が呼びよせた人だ」

「ものを知らないだけです」

「ご謙遜《けんそん》を。今ではすっかり近畿説に詳しくなったようじゃないですか」

「そうですね。巻向に的を絞って勉強しましたから」

巻向は纒向《まきむく》とも書く。奈良県桜井《さくらい》市北部の古代地名である。垂仁《すいにん》天皇、景行《けいこう》天皇の皇居の地であったとされ実際に周辺から三世紀から四世紀にかけての古墳や大規模な集落跡が発掘され纒向遺跡として認定されている。さらに前方後円墳出現期の墳丘がある事から、この地が初期大和《やまと》政権の中心地であることは間違いなく、そのことから邪馬台国の有力候補地とも見なされている。

「宝井さんのような九州説の重鎮のかたから見たら私の研究はもどかしいんでしょうが」

「いえいえ」

宝井は笑みを絶やさない。

「近畿説が強固であればあるほど崩し甲斐《がい》がありますよ。そういう強固な説を崩してこそ九州説も盤石だという事になりますからね」

「たしかに。でもそれは近畿説側からも言えますね」

「九州説を崩すおつもりですか？」

「はい、いずれは。ただし近畿説で崩すとは限りませんが」

背後から肩を摑《つか》まれた。ギョッとした森田圭介はすぐに振りむいた。薄汚れたスーツを着た男が圭介を睨んでいる。記憶を辿《たど》るがその男に森田圭介は見覚えがなかった。かなりの高齢に見える。背は高く瘦《や》せている。頰はこけてギョロリとした目が皮膚に埋《うず》まっている。一見、骸骨《がいこつ》のような印象を森田圭介は受けた。

「森田圭介だな？」

「そうですが、あなたは？」

「近畿説から手を引け」

「え？」

「邪馬台国は近畿にはない」

男の声は陰気で圭介はゾッとした。

「あなたは九州派ですか？」

古代日本の女王国である邪馬台国がどの地域に存在したかはまだ解明されていないが学

者の意見はおおむね九州か近畿（関西）の二カ所に絞られている。

「九州だと？」

「ええ。近畿じゃなかったら九州でしょう」

「馬鹿馬鹿しい」

男は吐き捨てるように言った。

「九州説が馬鹿馬鹿しい？」

「ああ。馬鹿馬鹿しい」

「でもあなたは近畿説でもないんですよね？」

〝近畿説から手を引け〟と言われた。

「ああ、違う」

「だったら邪馬台国はどこにあったと言うんですか」

「樺太《からふと》だ」

「樺太？」

樺太は北海道の北に位置する島だ。一八〇七年に江戸幕府直轄領となり北蝦夷地《きたえぞち》と公称するに至ったが一八五五年に日本とロシアの共有となる。ロシア側の呼び方はサハリンである。一八七五年（明治八年）に日本は樺太・千島《ちしま》交換条約で樺太を放棄する。日露《にちろ》戦争後、ポーツマス条約により北緯五十度以南を領有し大泊《おおどまり》に樺太庁を置いた。第二次大戦後はソ連領に編入された。

（真面目《まじめ》に言っているのだろうか？）

アレキサンダー大王の研究者である圭介ではあるが菅原陽一の講義によって、このところ急激に邪馬台国に関する知識量を増やしている。もともと優秀な頭脳の持ち主である圭介は新人の邪馬台国学者並みの知識はすでに脳に納めている。

「邪馬台国は近畿か九州じゃないんですか？」

邪馬台国の時代――三世紀半ば（西暦二五〇年頃《ごろ》）――の日本には歴史書がなかったから邪馬台国の存在を記す書物は中国の〈魏志倭人伝〉しかない。三世紀の北部中国を制していた魏の正史を魏志というが、その中に当時の日本の様子を記した箇所がある。その部分が〈魏志倭人伝〉である。字数にして二千字余り。

〈魏志倭人伝〉には魏から日本に渡った遣使の辿《たど》った道筋――方角と距離――が記されている。方角と距離が記されていれば邪馬台国の場所は判りそうなものだが、その距離と方角を正確に再現すると邪馬台国の場所は太平洋上になってしまう。そのようなわけがないから〈魏志倭人伝〉に記された方角と距離のうち、どちらか（あるいは両方）が間違っていると考えられる。大まかに分類すれば方角が間違っていると考える学者（主に京大系）は比定地を近畿とし距離が間違っていると考える学者（主に東大系）は比定地を九州とする。

「お前は奈良で親魏倭王の金印を探しているそうだな」

奈良は邪馬台国＝近畿説の中でも有力な候補地である。

「たしかに探していました」

「奈良では見つからん。いや見つかってはならぬのだ」

「見つかってはならぬ？」

「そうだ」

「それは、どういう意味ですか？」

思わず訊いていた。男は応えないで圭介を睨《にら》みつける。

魏王から卑弥呼に贈られた親魏倭王の金印は発見されていないが漢倭奴國王《かんのわのなのこくおう》の金印は江戸時代に九州――博多《はかた》湾の志賀島《しかのしま》――から出土している。邪馬台国よりも古い時代――西暦五七年――に漢《かん》の光武帝《こうぶてい》が倭国王に贈った印綬である。漢倭奴國王の刻印が入っている。ほぼ正方形の印台は一辺が約二・三五センチ、厚さが一センチ弱という小さなものだ。上部の摘《つま》みは蛇を象《かたど》っている。

「奈良で金印は見つからぬ。儂《わし》のブログを見て勉強しろ。そう菅原にも言っておけ」

「ご自分で言ったらどうですか？」

「なに？」

圭介の言葉に男が目を剝《む》いた。

「貴様」

男が圭介に殴りかかった。女性の悲鳴があがる。圭介は仰向《あおむ》けに倒れた。

「許さん」

男は圭介を見下ろしながら震える声で言う。圭介はどうしていいか判らず仰向けに倒れたまま顔をあげて男を見る。男がさらに拳《こぶし》を振りあげたとき白衣を着た男性が男に組みつき二人は共に床に倒れた。圭介を殴った男は俯《うつぶ》せに倒れ白衣の男性はすぐに起きあがり圭介を殴った男に馬乗りになった。白衣の男性はローストビーフのブースを受け持っていた料理人のようだ。圭介は立ちあがった。

「ありがとうございます」

とりあえず礼を言ったとき三人の警備員が駆けつけて白衣の男性に代わって男を押さえつけた。

「卑弥呼は樺太にいた」

押さえつけられながら男が言った。

「他の場所で金印が見つかることは許されぬのだ」

「立て」

警備員二人が両脇《りょうわき》からそれぞれ男の腕を取って力ずくで立たせる。

「こっちへ来い」

男は会場の外へと連れだされた。

「大丈夫ですか？」

残った警備員が圭介に声をかける。

「大丈夫です。痛みは……」

圭介は頬に手を当てる。

「ないですね。どうやら勢いに押されて倒れてしまいましたがパンチは当たらなかったようです」

「そうですか」

警備員は頷《うなず》くと「いま警察に連絡しました」とつけ足した。

「警察官が来たら事情を訊かれると思います」

「わかりました」

会場は未《いま》だに騒然としている。

「あの男は誰なんですか？」

圭介の問いかけに警備員は「さあ」と首をひねる。

「久我天《くがてん》だよ」

いつの間にか菅原陽一が圭介のそばに来ていた。

「クガテン……」

「久しい我が天下と書いて久我天という名字だ」

「何者なんだ？」

「彼も邪馬台国の研究者だよ」

「なるほど」

「東京大学の講師をしていた時期もある」

「あの男が？」

「驚くのも無理はない。だけど本当なんだ」

「信じられないな」

「五、六年前に解雇されている」

「原因は？」

「学生に対するパワハラ、セクハラだよ。暴力沙汰《ざた》も含まれている。それも僕の部下に対する暴力沙汰だ」

「そうなのか？」

「ああ。だから森田も気をつけた方が良い。久我天は外堀から攻めて来るんだ」

「外堀？」

「お前のことだよ」

「どうして僕が外堀なんだ？」

「久我天の本当の標的は僕だからさ」

森田の回りのざわめきは、まだ収まっていない。

「奴《やつ》は自分の〝邪馬台国＝樺太〟説に固執している。だからそれ以外の説を目の敵にしているんだ」

「ほとんどが〝それ以外〟の説だろう」

「その通りだ。中でも近畿説が最大の標的になっている。このところ近畿説が優勢だからな」

「その主軸の菅原が第一の攻撃目標にされているということか」

「そんなところだろう。そして奴の常套《じょうとう》手段である〝外堀から攻める〟ことを考えるとまず森田から攻めてくる」

「現に攻められた」

「ああ。しかも、これで終わりじゃないかもしれない。奴は執念深いからな」

「滅多な事はないだろうけど……。心しておくよ」

「それより森田。あの話、本当なのか？」

菅原が声を潜めて訊く。

「本当だ」

主介の顔がさらに引き締まる。

「聞かせてくれ」

「ここではまずい」

圭介の言葉に菅原は辺りを見回した。

「そうだな」

「大丈夫ですか？」

長谷川徳臣がやってきた。

「大丈夫です」

「お怪我《けが》は？」

「ありません」

「よかった」

長谷川はホッとしたように頷いた。

「こんな目に遭《あ》わせてしまって申し訳ありません」

「長谷川さんのせいじゃありませんよ」

「いえ。責任を感じますが、お怪我がないのが不幸中の幸いです」

「よかったです」

「アクシデントがありましたので残念ながら懇親パーティは、お開きとします」

「判りました」

「先生がたは控え室でお休みください。私は警備室で警察の到着を待たなければなりませんので」

長谷川は一礼すると警備室に向かった。

「いくら長谷川さんでも久我天の行動までは予測できまい」

菅原の言葉を圭介が「ああ」と肯《うけが》った。

「控え室へ行こうか、森田」

「僕は警備室を覗《のぞ》いてくるよ」

「大丈夫か？」

「ああ。そこに警察も来るらしいから。僕は当事者だからいた方がいいだろう」

「そうか。僕も休んだら顔を出すよ」

菅原が手を挙げて控え室に向かうと圭介も手を挙げて応えた。

「森田さん」

後ろから声をかけられた。振りむくとチェックのシャツとカジュアルパンツを穿《は》いた村《むら》野《の》悠斗《ゆうと》だった。村野悠斗は二十六歳になる。菅原が勤める嵯峨大学の助教で森田が菅原チームに加わった後にさらに強引とも言える売りこみによって菅原チームに加わってきた若き邪馬台国研究者である。背は菅原よりも低いが端整な顔立ちの中に愛嬌《あいきょう》のある丸い目が程よく収まり菅原が勤める大学では女子学生の間で人気がある。

「村野君。どこにいたんだ？」

「研究室で調べ物があったから、いったん帰って、いまここに戻ったところなんですよ」

「そうだったんだ」

「そうしたら騒ぎがあって」

「僕は当事者なんだ」

「聞きました。大変でしたね」

「ああ。驚いたよ」

「久我天は狂犬ですよ」

「久我天を知ってるの？」

「勿論《もちろん》です。私は森田さんと違って邪馬台国一筋ですから」

「その界隈《かいわい》では有名人物ということ？」

「知らない人はいないでしょう」

「そうなんだ。菅原は久我天のことを東京大学の講師だったと言ってたけど」

「才能はあったでしょうね。ただ才に溺《おぼ》れたってところでしょうか。珍奇な説に拘泥《こうでい》しすぎたんです」

「樺太説？」

「ええ。その説を菅原先生に完膚無きまでに論破されて名誉を潰《つぶ》されました」

「菅原に……」

「それ以来、久我天は菅原先生を目の敵にしています。菅原先生の部下を殴りつけようとした事もあるんです」

「菅原から聞いたよ」

「そのときは警察沙汰になりましたけど逮捕までには至りませんでした」

「どうして？」

「大した被害がなかった……実際には殴ろうとして避《よ》けられたんです」

「僕と一緒だ。たしかに激しやすい割には動きは鈍かったような……」

村野の顔に微《かす》かに笑みが浮かぶ。

「菅原先生は穏やかな性格のかたですけど学問の探究となると妥協を許しません。未解決事件の真相を解き明かす名探偵のように歴史の真相を解き明かす人です」

「名探偵のように、か」

「その菅原先生に久我天は無謀にも論戦を挑んだんです」

「そして敗れた……」

「完膚無きまでにね」

「久我天さんは打撃を受けただろうね」

「学会での地位は失いました」

「そこまで？」

「自説を曲げるような人ではありませんでしたからね。樺太説を捨てずに拗《こじ》らせて現在に至る……」

　森田は頷く。

「学者にもいますからね。真実よりも自説が大事だという人が」

「真実よりも自説が……」

「久我天は自説が大切な学者なんですよ。菅原先生は自説よりも真実を追究する人です」

「真実を……」

「自分の説が間違っていると思ったら素直に認める。でも久我天には、それができませんでした。だから菅原先生に論破されて以来、久我天は菅原先生を憎んでいるんですよ。それも激しくね」

　圭介はゾッとした。

「森田さんも気をつけた方がいいですよ。ずっと菅原先生と一緒に行動してますから」

「それは村野君も同じだろう」

「ボクは菅原チームでは新参者ですから」

「僕だって大して変わらないよ。いや邪馬台国に関しては村野君の方が遥かにベテランじゃないか。僕は元々アレキサンダーの研究者だからね」

「それが良かったのかな」

村野がポツリと言った。

「え？」

「従来の邪馬台国研究者とはまったく違った視点からものが見られる。斬新というか……。菅原先生もそこを見込んで森田さんをチームに引っぱりこんだんでしょうね」

「お陰で楽しいよ」

パーティが中止になったことが告げられ会場から人の群れが引いてゆく。

「僕も夢中になったからね。おもしろいんだよ。金印を見つける作業が」

「何か目星でもつけたような様子ですね」

「実はついてるんだ」

「え？」

村野は目を見開いた。

「ホントですか？」

「ああ」

「どの辺にあると考えてるんですか？　金印は」

「まだ言えない」

「言えない？」

村野悠斗の顔が引きつる。

「森田さん」

長谷川の部下が圭介を呼びに来た。

「警察のかたが見えました。警備室に来てください」

「わかりました」

圭介は村野に軽く頭を下げると警備室に向かった。その後ろ姿を村野は睨みつけていた。

＊

真夜中――。

「ごめん」

白いTシャツにジーパン姿の鯉沼駿平《こいぬましゅんぺい》が歩きながら謝った。

「何が？」

並んで歩く森田つぐみが訊き返す。

森田つぐみは星城《せいじょう》大学史学科に通う三年生だ。中肉中背で顎《あご》まで垂らしたまっすぐな黒髪には光沢が浮かんでいる。無地のワンピースは地味だがクリクリとした目は目立っている。

大学での研究分野は神武《じんむ》天皇の時代の歴史。

——神武天皇は、なぜ東征を続けたのか。

それが森田つぐみの頭に長年に亘って横たわっていた疑問だった。いま通う大学を選んだのも〝大学の図書館に古事記《こじき》関連の文献が豊富だから〟というのが理由だった。金銭に余裕のない森田つぐみだったが奨学金を得るだけの学力があったから進学することができた。

そして……。

つぐみは先日、神武天皇に関《かか》わる重大事件に巻きこまれてしまった。結果的にはその事件は解決した。解決にはつぐみの頭脳が少なからず貢献した。つぐみの頭脳は高速回転を始めるときがある。その自覚がつぐみにはある。普段よりも桁《けた》違いに速く回転しているような感覚……。その力が発揮されてつぐみは事件と歴史上の謎《なぞ》の二つを解き明かすことになった。

今は元通りの平穏な学生生活を送っている。

「こんなに遅くなって」

鯉沼駿平が謝った理由を告げる。

本心ではなかった。

（夜遅い時間まで、つぐみと一緒にいたい）

それが本心だった。

鯉沼駿平は、つぐみと同学年だが年齢は一歳下だ。背もつぐみと、さほど変わらないが可愛《かわい》らしい顔立ちをしているので女子から人気がある。つぐみと同じ吹奏楽部に所属していて仲良くなった。つぐみたちが所属する吹奏楽部は大学の正規の部ではなく少人数の同士たちが集まって規律の緩い活動をしている親睦会《しんぼくかい》の延長のような部だ。

また駿平は過日、つぐみが巻きこまれた神武天皇に関する事件では事件解決に向けてつぐみに協力をした仲でもある。

――つぐみのことが好きだから協力した。

その自覚が駿平にはある。

（今夜だって……）

少しでも長くつぐみと一緒にいたいと思っている。たとえ深夜になっても……。そしてそんな駿平の思惑通りに今は夜中になっている。

（このままつぐみと一晩、明かすことは可能だろうか？）

駅の近くにラブホテルがあることを駿平は知っている。

（それとも、つぐみの家まで送っていって、そのままつぐみの家に泊めてもらうことは可能だろうか？）

奥手の駿平には、それを言いだす勇気がなかなか持てずにいる。

「鯉沼君のせいじゃないじゃない」

今日は吹奏楽部の飲み会があったのだ。

つぐみにしても駿平は、つきあっているわけではないが〝いつか、つきあうようになるかもしれない〟という漠然とした予感を抱いている相手だ。

「そうなんだけど切りあげる事もできたから。そうしたら森田さんも一緒に帰れただろ？」

「今も一緒に帰ってるじゃない」

「そういう意味じゃなくて」

「一緒に早く帰れたってこと？」

駿平は頷く。

「優しいのね」

「そんなこと」

優しいわけじゃない。その自覚も駿平にはある。だがつぐみを大事に思う、大切に思っている自覚も当然あった。

「今日は飲み過ぎちゃったみたい」

「そう？」

公園を通りかかる。

「水が飲みたいわ」

「ベンチで飲む？」

駿平が誘うとつぐみは無言で頷いた。駿平は「わかった」と言って公園の中に入ってい
った。ベンチの先の自動販売機でペットボトルのミネラルウォーターを二本買うと一本を
つぐみに渡す。

「ありがと」

「今も神武天皇のことを？」

隣に坐《すわ》って駿平が訊く。

「今は邪馬台国について調べているの」

「邪馬台国？」

「うん」

「どうして？　専門は神武天皇だろ？」

「圭介さんが邪馬台国について調べているのよ」

「圭介さんが……」

森田圭介はつぐみの親代わりとなった人物である。ただし実際につぐみを育てたのは一

ヶ月ほどだ。

つぐみの実の親は般若恒成《はんにゃつねなり》という孤高の古代史研究者だった。だが自らの死期が近いと感じていた般若は一人娘のつぐみ……本名、鶫《つぐみ》を知人だった森田圭介に託して研究を続けた。般若の妻にしてつぐみの母親はすでに病死していた。

そして……。

般若恒成も自身が恐れていたとおり死去してつぐみ……般若鶫は森田圭介の元に一人、残された。

だが……。

独り身の若い森田圭介にとって子供を育ててゆくことは荷が重すぎた。森田圭介は般若と共通の知人で児童養護施設を運営している人物につぐみを託した。施設に預けられた時につぐみは本名の般若鶫から森田つぐみとして生まれ変わった。戸籍上も森田つぐみである。

つぐみはその施設で育ち現在は施設から出て一人で暮らしている。

家賃や生活費はアルバイトで賄っている。

過日、偶然が重なり森田圭介と再びつきあいが始まった。森田圭介はつぐみに施設に預けてしまったことを詫《わ》びた。つぐみは森田圭介を許した。

「森田さんなら、あっという間に邪馬台国に関する知識を頭の中に蓄積してしまうだろうな」

「そんな事はないけど」

「そんな事あるよ。森田さんは研究熱心だもん」

「新しい興味や新しく知りあった人がいたら、いろいろ知りたくなっちゃうの。単なる好奇心から調べるだけ」

「それが中々できないんだよ」

「そうかしら」

駿平は頷く。

「でも圭介さんはどうして邪馬台国を？　専門はアレキサンダーなのに」

「知りあいの邪馬台国研究者の人に手伝ってくれって言われたらしいわ」

「そうなんだ」

「邪馬台国は圭介さんの研究内容にも関連があるような気がするわ」

「邪馬台国が？」

つぐみは頷く。

「圭介さんの研究はアレキサンダーだろ？」

圭介はつぐみ共々アレキサンダーが日本から西洋に渡って王となった可能性を示唆して学界からもマスコミからも注目を集めた。

「邪馬台国もアレキサンダーに関係が？」

「あってもおかしくない。あたしはそう思ってるの」

「僕にはよく判らないけど」

「邪馬台国も渡来人が関係していることは確かよね」

「そうだね」

「その辺りのことで圭介さんの知識やひらめきが必要になったのかもしれないわ。一度、圭介さんの手帳を見たことがあるけどビッシリと書きこみがしてあって驚いた。あたしのメモとは違う」

「森田さんも手帳にメモしてるの？」

「あたしは手帳は使わないでスマホにメモしてるけどホントにメモ程度。圭介さんの緻密《ちみつ》さに圧倒されたわ」

「緻密さや鋭さを認められたのは判るけどアレキサンダー、あるいは渡来人がどう邪馬台国研究者の人にアピールしたんだ？」

「金印よ」

「金印が？」

「そう。邪馬台国がどこにあるか。これは日本人にとって永遠の謎よね」

「ああ。卑弥呼の金印が見つかれば、そこが邪馬台国の在処《ありか》だ。それぐらいは僕も知ってる」

「それを圭介さんは探しているのよ」

「金印は長年いろんな学者や研究者が探し続けて見つからなかったんだよね」

「見つかりそうだって言ってたの」

「圭介さんが？」

つぐみが頷く。

「ホントに？」

「ホントよ」

「それは凄《すご》い……けど、どうして急にそんな話になったんだろう。今まで見つからなかったのに」

「流れが来てるのよ」

「何かきっかけが？」

「圭介さんのアレキサンダー研究。その辺りから流れが来ているような気がするの」

「圭介さんはその研究の過程で渡来人にも多く言及していた。その辺りが邪馬台国と繋がるのかな」

「圭介さんはそう思ったんじゃないかしら」

駿平は頷くと水を飲んだ。釣られるようにつぐみも水を飲む。二人はそれきり黙った。

「森田さん」

再び駿平は口を開く。

「何？」

つぐみが駿平を見る。駿平はつぐみに顔を近づける。つぐみが目を瞑《つぶ》った。駿平の唇がつぐみの唇に触れる。

電子音が鳴った。二人は唇を重ねたまま目を開けた。

「やだ」

そう言いながらつぐみが自分のスマホを取りだす。

「圭介さんからラインだわ」

駿平は何も言えずにいる。

「こんな時に」

そう言いながらつぐみはメッセージを確認する。

――卑弥呼の金印が見つかった。

つぐみは目を見張った。

「え？」

つぐみの声に駿平は「何て？」と訊いた。

「金印が見つかったって」

「金印って卑弥呼の？」

「うん」

「嘘《うそ》だろ」

「ホントよ。ほら」

つぐみは圭介から送られてきたメッセージを駿平に見せた。

「ホントだ」

駿平が息を呑《の》む。

「これって大発見じゃないか」

「そうね。アレキサンダー級の大発見よ」

「それが本当ならね」

「圭介さんは、こんな冗談をいう人じゃないわ」

「そうかもしれないな。だったらホントのこと？」

「だと思う」

二人は息を呑んだ。

「金印はどこにあったんだ？」

「訊いてみる」

つぐみは圭介に電話をかけるが応答がない。

「電車に乗ってるのかもしれないよ」

「ラインで訊いてみるわ」

〝どこで？〟と打ち返してしばらく返信を待つ。

「返事が来ないわ」

「既読にはなった？」

「なってる」

「車に乗ったのかもしれないね」

「そうね。すぐに返信できない事情ができたのね」

つぐみはスマホをしまった。

「ニュースにはなってないみたいだね」

駿平が自分のスマホで確認しながら言う。

「いったいどこで見つけたのかしら？」

つぐみの声は興奮のためか少し震えていた。

＊

長谷川徳臣が十数人のマスコミ関係者を引きつれてレジャーランド〈ヤマタイ〉を案内していた。

園内には邪馬台国に因《ちな》んだ古代人たちの像や当時の住居、高床倉庫《たかゆか》のオブジェなどが配置されメリーゴーランドやジェットコースター、コーヒーカップなどのアトラクションも設置されている。

「平日なのに人が大勢つめかけていますね」

記者の一人が長谷川に言った。

「ありがとうございます」

長谷川は笑顔で応える。

「しかし我が社が買い取ったからには、これではすみません」

「というと？」

別の記者が手帳を手にして尋ねる。

「規模を拡大します」

「なるほど。どのくらいですか？」

「今の〈ヤマタイ〉の規模をご存じですか?」

記者たちは顔を見合わせる。

「敷地面積が約五万平方メートルです」

長谷川が正解を言う。

「かなり大きいですね」

「そうでしょうか」

長谷川は立ちどまった。長谷川に歩調を合わせていた記者たちも立ちどまる。

「長谷川さん。あなた自身は、そんなに大きくないとお考えなんですか?」

「はい」

長谷川は明確に肯定した。

「〈ヤマタイ〉は地方の遊園地ほどの規模しかありません」

「しかしここは巻向です。実際に地方の遊園地でしょう」

「その通りです。だから失敗した」

「失敗?」

「失敗です」

「賑わっているように見えますが」

「経営状態はトントンなんですよ。それでは成功とは言えません。だからこそ経営母体の

〈レジェンド〉も〈ヤマタイ〉を手放すことに同意した」

「なるほど。それでコスモさんは〈ヤマタイ〉を買いとって規模を拡大すると」

「そういう事です」

「先ほどの質問に戻りますが、どのくらいの規模にする予定なんですか？」

長谷川は少し息を吸った。

「二十万平方メートルです」

小さなどよめきが起こった。

「十万ではなく？」

「二十万です」

「今が五万……。桁違いに大きくなるんですね」

「生まれ変わります」

「壮大なお話に聞こえますが」

「そのつもりです。〈ヤマタイ〉は生まれ変わるのです」

「古代人たちの像や住居、高床倉庫などのオブジェも馴染《なじ》んできたと思いますが」

「馴染んできたものを壊すつもりはありません」

「存続させると？」

「そうです。加えて前方後円墳も創ります」

「実物大ですか？」

「そうなるでしょうね」

記者たちがざわめく。

「アトラクションも大規模なものを増やします」

「たとえば？」

「観覧車や水上ライドなど……。アトラクションだけではなくパークの機能も増やします」

「機能？」

「古代史に焦点を絞った博物館と古代史を楽しく学べるパビリオン、会館などを創ります」

「なぜそこまで古代史に拘《こだわ》るのですか？」

「ここが巻向だからです」

長谷川はまた歩きだした。みなも後を追う。

「巻向は古代日本の発祥の地です」

「邪馬台国、という事ですか？」

「そうです。本来、この地が日本の中心なんです」

長谷川は断言した。

「たしかに有力候補地の一つでしょうがまだ確定はしていません」

「近いうちに確定しますよ」

長谷川の言葉に記者たちは戸惑っている。会話の流れに乗って発した根拠の薄いリップサービスかとも考えられる。

「何か確証が？」

記者の一人が長谷川の真意を確かめるように訊く。

「まだ言える段階ではありません」

「気になりますね」

「追って発表をお待ちください」

長谷川は煙《けむ》に巻くように笑みを浮かべて記者陣を眺め回した。

「しかし長谷川さん。いずれにしろ大きな賭《か》けではありませんか？　敷地面積を飛躍的に拡大してアトラクションや機能も増やすというのは」

「もちろん賭けです。しかしビジネスはすべて賭けなんですよ」

「勝算は？」

「あるからこそ賭けに挑んだんです」

記者たちは頷いている。

「そして賭けに挑むだけの価値もある。いや挑まなければならないんです。日本のために」

「日本のため？」

「そうです」

「どういう事ですか？」

「かつて〝ジャパン　アズ　ナンバーワン〟と謳《うた》われた日本の経済力も現在は残念ながら停滞しています」

日本の賃金は世界の主要国に大きく後れを取っている。労働者一人の一時間当たりの賃金はこの二十年間でイギリス、アメリカ、フランス、ドイツ、韓国と軒並み大幅に増えている中で日本は主要国の中では唯一のマイナスだ。

「ハッキリ言って元気がない。その元気を取り戻すには日本ここにありというメッセージを世界に向けて発信する必要があります」

「メッセージを発すると日本が元気になるんですか？」

「起爆剤になります」

「どんなメッセージを発するつもりなんですか？」

「女王国ですよ」

「女王国？」

「そうです。日本人なら邪馬台国が女王国であることは誰でも知ってます。しかし外国では知る人はほとんどいないでしょう」

「そうかもしれませんね」

「それを知らしめるのです」

「どうして？」

「日本の閣僚に女性が占める割合は先進国の中で最下位です」

「そうなんですか？」

「はい。つまり日本は男女平等に関して遅れている国と見なされているんですよ」

「それは悲しいですね」

「はい。しかし事実ですから反論のしようがありません。その事がひいては日本のイメージを悪くして日本という国の信頼をなくしてゆきます。信頼をなくした国は商売の相手としても軽視されてゆくでしょう」

「つまり日本がますます衰退する？」

「その通りです。新しい〈ヤマタイ〉はその悪《あ》しき流れを払拭《ふっしょく》することが目的なのです」

「大きく出ましたね」

「それが日本のためだと信じています」

「邪馬台国が外国人に受けるでしょうか？」

「集客には斬新で大がかりなアトラクションが力を発揮してくれるでしょう」

「なるほど」

「そして〈ヤマタイ〉に呼びよせた観光客が京都に流れるのもいい」

「海外からの観光客の滞在期間が伸びそうですね」

「そうなんです。それが経済効果に繋がります。京都との相乗効果も見込めます」

「いい事ずくめのようにも聞こえますが……。規模拡大は一大事業です。よっぽどの目玉がないと成功も覚束《おぼつか》ないと思うんですが」

「目玉はあります」

「それは？」

「まだ発表できる段階ではないのです」

「それは残念ですね」

「ただ飛びきりの目玉だということはお約束します」

「飛びきり、ですか」

「発表されれば日本中が大騒ぎになりますよ」

長谷川は含み笑いをした。

＊

奈良県巻向……。

森田圭介がホテルの一室で資料を読みこんでいるとドアをノックする音が聞こえた。圭介は立ちあがってドアの魚眼レンズを覗くとそのままドアを開けた。

二十代後半から三十代前半と思しき女性が立っている。丸みを帯びた綺麗《きれい》な顔立ちをしているが化粧が濃く妖艶な雰囲気を纏《まと》っている。

「灘《なだ》さん……」

女性はコスモ総合商事社員の灘京子《きょうこ》だった。

淡いピンク色のミニのスーツに身を包んでいる。身長は一五〇センチ代半ばほど。豊満な軀は均衡が取れている。ウェイブのかかった髪が顎の辺りで内側に巻かれている。白い顔の中には形の良い目や厚みのある唇がバランス良く収まっている。

「今日は東京じゃ？」

「圭介さんに会いたかったから奈良まで来たのよ」

灘京子は圭介に抱きついた。

「入れて」

抱きついたまま圭介の耳元で囁《ささや》く。

「あ、ああ」

圭介は灘京子を部屋に招き入れた。

「でも仕事はいいのか？」

「これも仕事よ」

「え？」

灘京子はベッドに腰を下ろした。

「何か飲むものある？」

灘京子に促されて圭介が冷蔵庫を開ける。

「ビールがいいわ」

「あるよ」

圭介は缶ビールを取りだす。

「圭介さんも飲んで」

灘京子の有無を言わさぬ迫力に押されたのか圭介は無言で頷いた。

「乾杯」

圭介がプルリングを開けたところで灘京子がそう言いながら缶ビールを近づけた。二人は缶を軽くぶつける。

「金印に」

「金印に？」

「見つかりそうなんでしょ」

圭介は口を開けたまま閉じることを忘れている。

「泡が溢《あふ》れるわよ」

灘京子に言われて慌てて一口飲む。

「地獄耳だな」

口についた泡を手の甲で拭《ぬぐ》いながらようやく言った。

「仕事だもの」

圭介が缶ビールをテーブルに置く。

「〈ヤマタイ〉か」

「その目玉にどうしても金印が必要なのよ」

「金印がなくても〈ヤマタイ〉はできるだろう」

「シンデレラ城のないディズニーランドみたいなもんよ」

圭介はもう一度缶ビールに手を伸ばす。

「見つけたんでしょ？」

灘京子が上目遣いに訊く。圭介は答えない。

「わたしが発見した事にしたいの」

「え？」

「金印をね」

「何を言ってるんだ？」

「金印の発見場所＝邪馬台国の場所でしょ？」

「そうなるね」

「世紀の大発見よ」

「ああ」

「でも、あなたには名誉欲はない」

圭介は長年、世捨て人のような暮らしを送ってきた。

「加えて娘を捨てた後ろめたさから世間に顔を売るような事もしたくない」

これも灘京子の指摘通りだった。

「だったら、わたしが発見者になってもいいでしょ？」

「そんな事をする理由がないよ」

「わたしと圭介さんの仲でも？」

灘京子の唇が圭介の唇に触れる。

「それとこれとは別問題だよ」

「冷たいのね」

灘京子は上着のボタンに手をかけ外すと上着を脱いで白いブラウスだけの姿になった。

「今日中にやりたい事があるんだよ」

「わたしもよ」

ブラウスのボタンにも手をかけて外してゆく。

「君の覚悟は判った。時期が来たら真っ先に教えよう。約束する」

「今がその時期よ」

灘京子はブラウスのボタンをすべて外した。

「だけど……」

圭介は戸惑い続けている。

「金印発掘プロジェクトは僕がやってるわけじゃない。中心は菅原だよ」

「将を射んと欲すればまず馬を射よ」

「え？」

「こっちの話」

灘京子はブラウスを脱ぎスカートも脱いで下着姿になった。

「僕の一存じゃ、どうにもならないんだよ」

「でも圭介さんは、いま単独で動いているでしょ」

「たまたま、そういう状況になっただけで」

灘京子は自分の口で圭介の口を塞《ふさ》いだ。しばらくキスが続く。

「チャンスはあるのよね」

顔を離すと灘京子が言った。

「チャンス？」

「あなたが単独で金印を見つけるチャンス」

「それはあるよ」

「そして実際に見つけた」

「それは……」

圭介は言葉に詰まる。

「見つけたのね」

圭介の顔がわずかに強《こわ》ばる。

「嘘のつけない人ね。だからこそ、あなたに狙《ねら》いを」

「え？」

「何でもない。それより圭介さんが金印を見つけたことを菅原先生は知ってるの？」

「それとなくは」

「何よ、それとなくって」

「まだ確定したわけじゃないから」

「じゃあ金印は圭介さんの手元にはないの？」

「ないよ」

「呑気《のんき》な人ね」

「勝手に持ちだせないところにあるんだよ」

「どこよ」

「だから、まだ言えないんだって。確定させないことには」

「用心深い人ね」

「しょうがないだろ。僕は何事にも用心深い性格なんだ。道だって車と接触しないように端を歩くし」

「そんなこと言ってないで、さっさと確定させなさいよ」

「勿論《もちろん》そのつもりだけど、いろいろ事情があってね」

「だったら今から取りに行きましょうよ」

「今から？」

「善は急げよ」

「ちょっと待ってくれ。僕の一存で、そんなことが勝手にできるわけがないって言っただろ」

「見るだけでもいいわ」

「見るだけ……」

「それならいいでしょ？」

圭介は考えている。

「今なら、わたしが見つけた事にできるし」

「そうする理由はないだろ。これは僕と菅原のチームの発見なんだから」

「だったら、わたしもチームに加えて」

「君をチームに？」

「そうよ。わたしの功績が欲しいのよ」

「菅原が承知しないよ」

「菅原さんを説得してよ。わたしは役に立つわ」

「菅原の役に？」

「そうよ。わたしはコスモ総合商事の人間よ。資金だって援助できる」

「今さら資金は要らないよ」

「今後の事よ」

灘京子は強く圭介を抱きしめる。

「金印を見つけたって誰かに功績を横取りされる危険もあるのよ」

「まさか」

「甘いのね」

灘京子はもう一度キスをする。

「誰もが虎視眈々《こしたんたん》と自分の業績を挙げることを狙っているの。どの業界だって同じよ」

圭介は一九八〇年代に起きた遺跡発掘捏造《ねつぞう》事件のことを思いだしていた。

一九四〇年代半ばに群馬県岩宿《いわじゅく》で岩宿遺跡が発見された。日本における最古の時代の遺跡である。これにより三万年前の旧石器時代にも日本に人が住んでいたことが証明されたのだ。

その後、一九八〇年代に宮城県馬場壇《ばばだん》A遺跡から約十五万年前の石器が発見された。発見したのは東北旧石器文化研究所副理事長の肩書きを持つ、しかし実態はアマチュア石器収集マニアに過ぎない人物だった。この発見によって日本に先住民がいたと推定される年代は一気に十万年以上も遡《さかのぼ》った。この人物は考古学界の重鎮である学者たちを引き連れて、より深い地層からの石器発見を二十年間に亘って繰り返し、その度に先住民が生息した年代は五十万年前、六十万年前、七十万年前と呆気《あっけ》に取られるような規模で遡り続けた。

「あったー！」と叫びながら次々と奇跡的な石器発見を繰り返す人物はゴッドハンドの持ち主とマスコミにもてはやされた。

ところが……。

この発見がすべて捏造だったのだ。発見者は比較的新しい石器を前もって何十万年か前の地層に埋めて発掘当日に発見を装って取りだしていたのだ。

学者たちはそれを見抜けなかった。宮城県と山形県という三十キロも離れた場所で別々に発見された割れた石器の割れ目がピタリと符合して一つの石器が割れたものだと判ったというコントのような発見者の主張を鵜《う》呑《の》みにした。

もちろん、あまりにも奇妙な発見の連続に疑問を抱く学者もいたが、その声は重鎮たちには届かなかった。

捏造を暴いたのは毎日新聞だった。石器を埋めている現場をビデオカメラに収めて二〇〇〇年十一月にスクープ記事として発表した。これでようやく〝嘘で固められた偽の記録が教科書に載り歴史学書として出版される〟という悪夢のような事態に終止符が打たれた。

（私の金印は本物だけど、その発見者に関しては捏造が行われる場合もあるのかもしれない）

灘京子に指摘されて初めて圭介はその可能性に思い至った。

「わたしがチームの一員になったら金印の発見はコスモ総合商事のバックアップですぐに菅原チームの功績として発表できる。邪魔が入る余地はなくなるわ」

圭介の心の動きを読んだかのように灘京子が言った。

「発表ぐらい自分たちでできるよ」

「発表だけじゃないのよ。その後が肝心よ」

「その後？」

「そうよ。金印発見は日本の、いえ世界の大ニュースになるわよ。マスコミがどっと押しよせるわ。その荒波の中に純粋なあなた達がノーガードで晒《さら》されたら一溜《た》まりもないわ。商業主義に翻弄《ほんろう》されて不本意な行動を余儀なくされる」

「君がチームの一員になれば守ってくれるっていうのかい？」

「その通りよ」

灘京子は圭介を抱きしめたまま頷く。

「コスモ総合商事が社を挙げてガードするわ」

圭介は両手で灘京子の軀を離した。

「いずれにしろ金印が本物だと確定させないと」

「その場所まで案内して。案内してくれるまで離れないわよ」

「強引だな」

「それが、わたしのやりかたよ」

「服を着てくれ」

「案内してくれるの？」

「場所だけは教えよう」

「連れてってよ。菅原さんのためにもなるわよ」

「菅原の？」

「功績を横取りされない保証が得られるもの」

「そういうものなのか？」

「そうよ。保証する」

「菅原に訊いてみる」

「やめて」

「訊かないわけにはいかないだろ」

「菅原さんは反対するわ。それが自分たちのためになることも判らずに」

灘京子は服を着始める。

「これは菅原さんのためでもあるのよ。悪いようにはしない。わたしも金印を見たいのよ。それだけ」

「それだけ？」

「そうよ。ホントは名誉なんてどうでもいい。多くの研究者が何百年も探して見つからなかった金印を見たいのよ」

「灘さん……」

「見つけたんでしょ？」

圭介は頷く。

「それを見たいの。邪馬台国の場所を知りたいのよ。もうチームに加えてくれなんて言わない。ただ知りたいの」

「本当に？」

「ホントよ。邪馬台国の場所が判ったんだもの。知りたいわよ。その上で、わたしに協力できる事があれば……。たとえ正式にチームの一員になれなくても後から〝わたしも協力したの〟って言いたいの」

圭介はジッと考える。

「菅原さんにとっても悪い話じゃないはずよ」

「わかった」

圭介の心が動いた。

「案内してくれるわね？」

圭介は頷いた。

＊

その朝——。

奈良県巻向にある亀奥山《かめおくやま》の崖下《がけした》で男性の死体が発見された。

一報を聞いた奈良県警の井場《いば》刑事と巻向署の松本《まつもと》刑事が現場に駆けつけた。

「ホトケさんの身元は？」

井場刑事が訊く。井場芳暁《よしあき》は五十歳になるベテラン刑事だ。大柄で筋肉よりも贅肉の方が多そうに見える。頭は禿げあがり両耳の上辺りに残っている髪を伸ばし黒縁の眼鏡が目立っている。目尻が下がっているせいか、いつも笑っているように見える。本来は大阪府警の刑事だが交流の一環として奈良県警に出向している。

「森田圭介。東京の学者です」

松本刑事が答える。松本徹《とおる》は三十八歳。井場よりも背が高く太い眉がよく目立っている。こちらはいつも怒っているような顔をしている。松本刑事も大阪道頓堀《どうとんぼり》署の刑事だったのだが井場刑事が奈良県警に出向になった際に井場刑事の指名によって奈良巻向署に赴任した。

「東京の……。旅行か？」

「判りません。仕事かもしれません」

松本刑事が地元の警察官に「第一発見者は？」と尋ねた。

「大阪からやってきたハイキング客です」

「大阪か」

松本刑事が井場刑事に目を遣る。井場刑事は地面に横たわる遺体を見つめている。

「発見時刻は？」

「朝の九時三十分前後です」

「それまでは誰にも発見されなかったのか」

「人が頻繁に通るような道ではありませんから」

地元警察官の応えに松本刑事は頷いた。

「死亡推定時刻は？」

「昨夜……八月一日の夜八時三〇分頃と思われます」

「死因は墜落死？」

「でしょうね」

「崖の上から落下して全身を強打したことが原因と思われますが詳しいことは死亡推定時刻ともども検視の結果を見てみませんと」

鑑識員が答えると松本刑事が頷く。

「警視庁に知りあいの刑事がいますからホトケさんの情報を問いあわせてみますか？」

「警視庁に？」

「ええ。その男は警視庁の中でも優秀で何でも調べてきますよ」

「それには及ばん。ただの事故や」

井場刑事の言葉に松本刑事は「ですね」と応えて崖を見上げる。

「あそこに何かありますね」

「ん？」

「崖の途中です」

井場刑事も崖を見上げる。

「祠《ほこら》のようやな」

祠とは神を祀った小さな社《やしろ》のことである。

「ホトケさんは何の学者や？」

「考古学のようです」

「もしかしたら、あの祠を見ようとして転落したんとちゃうか？」

「なるほど。そうかもしれませんね」

「いずれにしろ、かわいそうなこっちゃ」

二人の刑事は改めて遺体に手を合わせた。

＊

森田つぐみは裸になると浴室に入った。

浴槽の左の壁に設置されている鏡で自分の裸身を見つめる。胸にX型の痣《あざ》がある。

（この痣……）

生まれつきの痣だが悪い男に写真に撮られてネットにあげられてしまった過去がある。つぐみは頭を振って厭《いや》な過去を意識から追いだすとスマホを石鹸《せっけん》などを置く小棚の上の段に置いて湯船に浸《つ》かった。

つぐみはこのところ風呂《ふろ》にもスマホを持って入ることが多い。自分のことが晒されていないか無意識のうちに気になって確認しようとする心理からかもしれない。

（なんだか心がザワザワする）

理由は判らない。だが、つぐみのこういう勘は昔からよく当たるのだ。

スマホが鳴った。つぐみの軀がビクッと震える。スマホのディスプレイに目を遣ると見覚えのない番号が表示されている。

（誰だろう？）

厭な予感がする。だが出ないわけにもいかない。つぐみはスマホを手に取ると通話ボタンをタップして耳に当てる。

――はい。

――森田つぐみさんですか？

野太い男性の声だ。

――そうですけど……。

――私は警察の者です。

――警察？

警察がいったい何の用だろう？

――森田圭介さんを知っていますか？

厭な予感がさらに高まる。つぐみは警戒しながら「はい」と答えた。

――どういうご関係ですか？

説明が難しい。

――お世話になったかたです。

しばらく考えてそう答えた。

――名字が同じですがご親戚ですか？

――違います。

血の繋がりはない。

――そうですか。

――あの、圭介さんに何か？

――圭介……森田さんですね。亡くなりました。

――え！

亡くなった？　聞き違いだろうか？　でも警察が冗談を言うはずもない。

――あの……。

――それで、ご遺体の確認に来てもらいたいんですが。

――あたしがですか？

――ご家族のかたがいないようなんです。

圭介の持つアドレス帳のいちばん最初にあたしの名前があったのだろうかとつぐみは考えた。

それにしても……。

――本当なんですか？　その……。圭介さんが亡くなったのは？

――本当です。

胸が波打ち苦しくなる。

――死因は？

絞りだすように訊いた。

――転落死です。崖から足を踏み外して転落したようです。

つぐみは言葉が出なかった。

――来ていただきたい場所を申しあげます。

――あ、はい。

つぐみは録音ボタンをタップした。相手の言葉が流れてくるが逆上《のぼ》せて頭がボーっとしているのか頭に入ってこなかった。

*

気温は昼前からグングンとあがり三十五度を超えた。研究室の中は冷房が効いているが窓の近くは日差しが強く暑さを感じる。

普段着用のラフなスーツを着た菅原陽一は日差しを避けて部屋の中央に移動してスマホを操作している。

「どうしたんですか？　菅原先生」

村野悠斗が声をかける。

「森田と連絡が取れないんだ」

「森田さんと？」

「ああ」

「いつからです？」

「昨日からだよ」

「昨日のいつ頃からですか？　菅原先生は広島の講演会に登壇していましたよね」

「それが始まる前に一度、ラインで遣りとりをしている」

「五時ごろですか？」

「そうだな」

「森田さんはどこに？」

「市役所の会議には出てなかったのか？」

昨日、桜井市役所で文化財等保護課と関係者による今後の遺跡発掘調査の方針やスケジュールなどについての会議が催された。

「来ませんでした。宝井さんと灘さんは来ましたけど」

「灘さんも？」

「〈ヤマタイ〉の担当者ですから」

「そうか」

「森田さんと五時ごろラインで遣りとりをして、その後は？」

「講演会が終わった後に連絡を入れたんだけど返事がなかった」

「八時ぐらいですか？」

「そうだね」

「最後に連絡が取れたのは夕方の五時ですか」

「そういう事になるな」

「変ですねえ」

　ドアが開いた。

「菅原先生」

「灘さん」

　入ってきたのは灘京子である。

　森田圭介と交際している女性……菅原はそう認識している。コスモ総合商事の社員でコスモ総合商事が買収したレジャーランド〈ヤマタイ〉リニューアル計画の担当者の一人でもある。その業務遂行の過程で菅原に接触をして森田とも面識ができ、いつしか灘京子と森田圭介は交際するようになった……森田からそう聞いている。

「灘さん。何かあったんですか？」

灘京子の顔色を見て変事が起きたことを感じた菅原が訊いた。

「森田さんが亡くなった」

「え？」

菅原は聞き間違いかと思った。

「森田さんが？」

村野も訊き返す。

「亡くなったのよ」

「亡くなったって」

「死んだの」

「冗談だろ？」

「冗談ではないわ。本当のことよ」

菅原の顔が蒼《あお》ざめる。

「まさか……そんな」

「あきらめて。本当のことよ」

「信じられない」

菅原の顔が蒼ざめる。

「いったいどうして」

村野悠斗の呟《つぶや》きに灘京子が「崖から転落したのよ」と応えた。

「崖から……」

「祠を見ようとして足を踏み外したらしいわ」

「祠……。場所は？」

菅原が正気を取り戻したように訊いた。

「巻向よ」

菅原の顔が歪《ゆが》んだ。

「何か心当たりが？」

「もしかしたら森田は金印を見つけたのかもしれない」

「ええ？」

「僕も森田も邪馬台国は巻向だったと思っている」

「知ってるわ」

「森田は、どうして崖から落ちるような危険な場所に足を踏みいれたのか？」

「そうね。その理由を考えるべきよね」

「ハイキングで行ったとは思えませんからね」

「ああ。自分の仕事に関わることで行ったと捉《とら》えるべきだろう」

「自分の仕事……。邪馬台国？」

「そうだ。そして僕と森田は金印を見つけることに熱中している」

「金印を見つけに崖まで行ったと思ってるの？」

「そう考えるのがいちばん可能性が高いだろう」

「そうかもしれないわね」

「だとしたら……」

菅原は辺りを歩き回る。菅原が考え事をするときの癖だ。

「森田は殺されたのかもしれない」

「殺された？」

「ああ」

「どうしてそう思うの？」

「森田は慎重派だ。崖から落ちるとは考えにくい」

「でも落ちたのよ」

「森田なら危険なところに行くときには、それなりの下準備をするはずなんだ」

「わかります」

村野が言った。

「そういうとこ、ありますよね。研究室に来るときも必ずしっかりと準備をしてきますし」

「もし殺されたとしたら誰に？」

「それは判らないけど」

「行きずりの強盗じゃなさそうよ。財布が盗《と》られてないそうだもの」

「だったら女性関係？」

村野が言う。

「心当たりでもあるの？」

「ありませんけど殺人事件の動機としては、ありうるかなと」

「どうなんだ？」

菅原が灘京子に訊いた。

「女性関係でトラブルはなかったわ」

「君が言うのなら本当だろう」

「お金絡みも、あまり考えられませんよね」

「そうだな。彼が資産家だという話は聞いたことがない」

「だとしたら……」

「金印に関係がある」

菅原の言葉に村野も灘京子も唾を飲みこんだ。

遺体確認は辛《つら》かった。だがつぐみは目を逸《そ》らさずに圭介の死顔を直視した。それは確かに森田圭介《もりたけいすけ》だった。身寄りのない圭介の持つアドレス帳につぐみの連絡先だけが記されていて、つぐみに連絡が来たのだ。

奈良《なら》から帰ると、つぐみはすぐに森田圭介の家に向かった。身寄りのない森田圭介の遺品はつぐみが整理することになったのだ。

＊

つぐみはバスを降りると田舎道をトボトボと歩いた。

（もしかしたら金印が圭介さんの部屋にあるかもしれない）

つぐみは緊張した。日本史上の大発見を自分の目で見ることになるかもしれないのだ。その可能性はあるとつぐみは思っている。圭介自身が〝金印を見つけた〟と連絡してきたのだ。そして〝金印発見〟のニュースはどこにも流れていない。

（だとしたら圭介さんが金印を自分の部屋に持ち帰って、そのことにまだ誰《だれ》も気づいていない可能性がある）

そしてそのことを発見できるのは自分しかいないのだ。つぐみの心臓はますます大きく波打つ。

（それと圭介さんのスマホも探さないと）

森田圭介の遺体が発見された現場を調べた刑事から現場近くからは圭介のスマホが見つからなかったことが告げられている。加えて刑事は圭介の関西での宿泊先であるホテルも調べたがスマホは見つからなかった。おそらく自宅に忘れてきたのだろう。刑事二人はそう判断した。事故と見て不思議のない状況での判断だった。

（その判断が妥当なものであるかどうかを確定させるためにもスマホを探す必要がある）

つぐみはそう考えている。

森田圭介の家は一度だけ訪ねたことがあるが、その時は知人の車で出向いた。一人で行くのは初めてである。

（もうすぐね）

道の両側には田んぼが広がる。

（あれだわ）

見覚えのある平屋建ての小さな家。家の前に、やはり小さな庭があり持主を失った軽トラックが停《と》まっている。家の前まで進むと〝森田〟と記された表札が掛かっている。

警察から届けられ預かっている遺品である圭介の自宅の鍵《かぎ》をバッグから出して錠に差して捻《ひね》るとカチリと音がして鍵が回った。そのままドアを開ける。靴を脱いで廊下に足を踏みいれる。木目の大きなテーブルが置かれている和室まで進む。

家は八畳の和室と寝室、台所、浴室、トイレという簡潔なものだ。寝室に洋服ダンスが、和室に本棚、机、収納ボックスなどが置かれている。

(どこから取りかかろう?)

家具類は処分するしかないとつぐみは考えていた。

(問題は本と書類ね)

その前に――。

まずは視認から始めることにした。簞笥《たんす》や机の引出などは開けないで机やテーブルの上に乗っている物を目で確認してゆく。つぐみはその方針に則《のっと》ってすべての部屋を回ったが金印もスマホも確認できなかった。

一息つくとつぐみは本棚を眺めた。アレキサンダーに関する書籍が目につく。邪馬台国《やまたいこく》関連の本も何冊か入っている。

(やっぱり最近は邪馬台国の研究を始めていたのね)

その隣には『アラハバキの真実』という本がある。タイトルにアラハバキという言葉が入った本は他にも数冊並んでいた。

(アラハバキって何だろう?)

つぐみには判《わか》らなかった。一冊を手にとってパラパラとめくる。アラハバキとは日本の民間信仰における神の一柱らしいことが判った。

（アレキサンダー研究の傍らアラハバキも調べていたのかしら？）

アレキサンダーとアラハバキは、どことなく音が似ていることが気になった。つぐみは隣のアラハバキ本に手を伸ばす。ページを開くとレシートが落ちた。つぐみはレシートを拾い内容を確かめる。アラハバキ本の書籍名が印字されさらに価格が千五百円であることが記されている。日付は七月十日。

（最近だわ。邪馬台国の研究を始めてから購入してるのね。アラハバキは邪馬台国と関係があるのかしら？）

つぐみには判らなかった。

（いずれにしても、あたしが勝手に処分できない）

本は好きだし学術書も数多く読んできてはいるつぐみだったが本の整理は圭介の学者仲間に任せた方が良いと判断した。

（だれか適任の人を探さないと）

圭介は長年、人間嫌いで孤高の研究者として通してきたが最近は知人と組んで邪馬台国のことを調べていると聞いている。

――これがおもしろくて。

そうも言っていた。

（その知人って誰だろう？　その人なら相談に乗ってくれそうな気がする）

つぐみは本棚を見ることをやめて机に向かった。机の上にも本が並べられている。書類も目に入る。

（書類も、あたしの手に余るわね）

つぐみの胸に、ますます手助けしてくれる人物を求める気持ちが強くなる。

（それより金印とスマホよ）

引出を開けるとボールペンやスティック糊などの文房具が大量にしまわれているが金印もスマホも見当たらない。

次に机の隣に置かれている透明の収納ボックスに目を遣《や》る。

（これも整理するのは大変そう）

とても一日では終わりそうもない。

（何日もかかるわね）

金印とスマホだけは今日中に探そうと、いちばん上の引出を引き抜いて床に置いた。中の物を取りだして床に並べる。葉書類がたくさん入っているが、やはり金印とスマホは見当たらない。

（あ）

通帳があった。

（これ……）

コスモ銀行の通帳だった。人の通帳を勝手に見ることに一瞬、罪悪感を覚えたがすぐに〝自分以外に確認する人はいないんだ〟と気づいた。

つぐみは通帳を開く。パラパラとめくり記帳されている最後のページに辿《たど》りつく。

（一、十、百……）

思わず残高を確認してしまう。

（二千万……）

圭介の預金額は最大のときで二千三百数十万円だった。つぐみは少し意外な気がした。土地もなく会社勤めの経験もなく世捨て人のような生活を続けていた圭介には貯金など、ほとんど無いと思いこんでいたのだ。

（ちょっと失礼だったかな）

つぐみは通帳を閉じようとした。

（ん？）

閉じる寸前に数字の羅列《られつ》が気にかかった。もう一度開いて確認する。

（何これ？）

五十万円の振込が一列に並んでいる。五十万円の振込が四十回。その合計が二千万円なのだ。

（これは……）

振りこまれた日はすべて七月十八日で送金者はすべて〝ミヤコダイイチギンコウ〟とある。

（銀行から？）

銀行から個人に四十回に分けて一日で合計二千万円を送金……。

（どういう事だろう？）

考えても判らなかった。二千万円は送金されてから十三日後に一度に引きだされている。

その日付をつぐみは確認する。


——七月三十一日。


圭介が亡くなる前日だった。

（だったらお金は？）

この部屋の中に二千万円もの現金がある。その可能性につぐみは思い至った。つぐみは現金を探そうと部屋の中を見回した。めぼしいところを探したが現金は見つからない。

（他の口座に入れたのかしら？）

つぐみは収納ボックスや机の引出をすべてスマホの有無と共に丹念に確認するがスマホも現金もほかの通帳も見当たらない。

（現金はどこにいったのだろう？）

腑《ふ》に落ちないものを感じる。

（圭介さんは何か事件に巻きこまれたんじゃないだろうか？）

そんな気がしてならない。つぐみはスマホをバッグから出して奈良で面識を得た井場《いば》刑事に電話をした。

——井場ですが。

——崖《がけ》から転落死した森田圭介さんの遺体確認をした森田つぐみです。

——あの時の……。

——その節はどうも。

——こちらこそ助かりました。何かありましたか？

——実は……。

つぐみは圭介の遺品である預金通帳に大金が振りこまれていたことを告げた。

——そうですか。
——調べていただけないでしょうか？
——何をですか？
——森田圭介さんの事故死についてです。
——それは終わった案件です。
——でも通帳に大金が振りこまれていたんです。それが引きだされていて。
——つまり故人の通帳が見つかったと。
——はい。
——通帳があっただけで不思議なことはないでしょう。
——でも引きだされたお金がどこにもないんです。
——部屋の中を探したんですか？
——探しました。でも見つかりません。
——あなたが盗《と》ったとも考えられますね。
——ええ？
——違いますか？
——違います！

つぐみは思わず大きな声を出した。

——送金者はミヤコダイイチギンコウです。調べてください。

——では念のために通帳をこちらに郵送してもらえますか？

——郵送、ですか。

——あなたがこちらに届けに来るのも大変でしょう。

——来てはもらえないんですか？

——そんな時間はありませんよ。

——でもスマホもないんです。

——スマホ？

——刑事さん、仰《おつしや》いましたよね。遺体が発見された現場付近にはスマホがなかったって。自宅に忘れてきたんだろうって。

——そうです。

——でもないんです。自宅にもスマホがないんですよ。これって変ですよね？　圭介さんを殺害した犯人が都合の悪い通話記録が残っている圭介さんのスマホを、

——森田さん。

井場刑事がつぐみの言葉を遮った。

——落ちついてください森田つぐみさん。

つぐみは黙った。

——スマホは職場にあるかもしれない。
——職場？
——たとえばの話です。喫茶店に置き忘れたのかもしれないし道に落としたのかもしれない。可能性はいくらでもあるんです。
——でも。
——いいですか？　いま県警は多くの重大犯罪を捜査しています。ハッキリと殺人事件だと判れば動きようもありますが、さしたる証拠もナシに動けないんですよ。

つぐみは絶望的な気持ちになった。

——ということで通帳は郵送してください。住所は名刺の住所に。井場宛《あて》に。

井場刑事は通話を切った。

(自分で調べるしかない)

通話が切れた瞬間、つぐみは決意していた。腑に落ちないことがあれば腑に落ちるまで調べぬくのが、つぐみのやりかただった。

(圭介さんの死に納得できるまで調べてみよう)

そのためには……。

(圭介さんが亡くなった現場に行こう)

そこが出発点のような気がする。

つぐみは部屋を出た。

＊

菅原陽一《すがわらよういち》は長谷川徳臣《はせがわのりおみ》に〈ヤマタイ〉を案内されていた。

「明日は福岡で地元の名士、研究者を集めた会食があります」

長谷川が確認を取るように菅原に告げる。

「実は、その会食をキャンセルしたいんです」

「え？」

長谷川が足を止める。

「何か急用でも？」

「どうしても森田が亡くなった現場を見ておきたいんです」

「ご友人が不慮の事故で亡くなったんですから悼《いた》みたい気持ちは当然です。ただ、それは明日でなくてもいいのでは？」

「それが」

菅原は顔を曇らせる。

「事故とは思えないんです」

「ええ？」

長谷川は目を剝《む》いた。

「事故じゃなかったら何だと言うんです？」

菅原はなかなか応《こた》えない。

「菅原先生」

「誰かに意図的に崖から落とされたのかもしれない。そう思っています」

長谷川は呆気《あっけ》に取られたように口を開けた。

「それは、つまり殺されたという事ですか？」

菅原は沈痛な面持ちで頷いた。

「しかし警察が事故だと断定したんでしょう?」

「そうです」

「ならば事故で間違いないでしょう」

「そうかもしれません。でも警察にも見落としはあるでしょう」

「何か不審を感じる点でも?」

「森田は用心深い男です。山道を歩くときも、けっして端は歩きません」

「しかし崖の中腹に祠《ほこら》があれば別でしょう」

「祠?」

菅原は眉根《まゆね》を寄せた。

「なぜ現場の崖に祠があることを知ってるんです?」

菅原が長谷川を見つめる。

「灘《なだ》から聞いたんです」

「灘さんから……」

「彼女も森田さんの関係者の一人ですから」

菅原は頷《うなず》いた。

「つまり森田さんは研究に関係のあるものかもしれないという思いから普段の用心深さを

捨てて崖の下を覗《のぞ》いて不幸にも転落した。そうも考えられるという話です」

「森田なら何らかの安全措置を施してから祠に接するでしょう」

「菅原先生の心配はよく判ります。だがそれは警察に任せておくべきものです。先生は自分の研究……金印を発見することに没頭すべきだ。それが共同研究者だった森田さんへの供養になるんじゃありませんか？」

「そうなんですが」

菅原は眉根を顰《ひそ》める。

「森田の死の問題がクリアになるまでは邪馬台国にも頭が回らないんです」

「いけません」

長谷川の口調が強まった。

「金印を見つけることは至上命令なんですよ」

「至上命令？」

「そうです。プロジェクトの期限が迫っている。こっちも必死なんです」

「それはコスモの都合でしょう」

「そうです。しかしこのプロジェクトには多くの社員とその家族の命運がかかっているんです」

「僕には関係のないことだ。僕は誰の命令も受けませんよ」

「なんですって？」

「金印は僕が好きで調査をしているんです」

「だったら今すぐ調査を続けてください」

「森田の死因を確かめてから探しますよ。金印は逃げませんから」

「菅原先生。いったいこのプロジェクトにいくらの金がかかっていると思うんです」

「さあ。知りません。それはあなたの課題ですから。僕の課題は森田の死因です」

長谷川が何かを言おうとしたが菅原は「失礼します」と頭を下げその場を後にした。

＊

つぐみはTシャツに短パンという出立《いでた》ちで一人で山道を歩いていた。奈良県巻向《まきむく》の低山地帯に位置する亀奥《かめおく》山である。つぐみの他には誰も歩いていない。登り口にも誰もいなかった。昼間だが辺りは木々に覆われて薄暗い。木々の隙間《すきま》から覗く空に鳶《とび》が舞っているだけだ。

(怖いわ)

もし暴漢に遭遇しても誰も助けに来てくれそうもない。変質者に襲われたら逃げ場もない。

(でも行かなきゃ)

森田圭介が転落した崖は、どうしても自分の目で確かめたかった。圭介が足を滑らせた崖は標高三百メートルほどの山の中腹にあった。タクシーを麓《ふもと》で降り、そこからは歩いた。足に疲れが溜《た》まった頃《ころ》に山道の分かれ道があった。

(ここが井場さんの言っていた分かれ道ね)

遺体確認をした後で担当刑事の井場と少し話をした。井場には〝左側の細い道を入って突きあたりが森田圭介が転落した崖だ〟と教えられた。つぐみが教えられた通り左側の細い道を行くと、ほどなく景色が開けた。前方に遮るものがなく遥《はる》か先に山が見える。足下に大きな石があり、その下は崖である。

(ここから圭介さんは落下したのね)

崖下を覗いて「圭介さん」と声に出して呟《つぶや》く。

(あれが祠……)

井場刑事からは〝森田圭介は崖の中腹にある祠に興味があって崖の上から祠を覗きこんだ拍子にバランスを崩して落下したのではないか〟という見解を聞かされた。

つぐみは井場刑事の見解を受けて井場刑事に〝圭介が卑弥呼《ひみこ》の金印を見つけたと連絡してきたこと〟を伝えた。だが井場は卑弥呼にも金印にも興味がなかったのか、あまり関心を示さなかった。単に殺人ではなく事故だから職業上の興味を失っただけかもしれない。

（でも……）

つぐみは崖の中程に見える祠を見ながら〝もしかしたらあの祠の中に金印があるのかもしれない〟と思った。

（絶対に確かめなければ駄目だ）

でもどうやって？　祠は崖の途中にある。つぐみはジッと祠に目を遣る。

（あ）

傾斜が思ったよりも急ではなく歩けない程ではないような気がする。

（行ってみようか？）

つぐみの顔が引き締まる。足は疲れている。山道を登ってきたのだ。

（圭介さんは、どうして車で来なかったんだろう？）

ふとそう思った。奈良までは電車で来たとしてもフィールドワーク現地調査では車を使う。以前、圭介からそう聞いたことがある。

（たまたまかな）

そういう事もあるだろう。

（だとしたらタクシーで麓まで？）

それも妙な気がする。もし調査目的なら、やはりレンタカーを借りた方が便利だ。

（あたしは花を手向けて手を合わせるだけだから帰りはまた麓でタクシーを呼べばいいけ

ど)

それにやっぱりスマホが見つからないことも気になる。事故じゃないという思いが強くなる。つぐみは祠をジッと見つめる。背後に人の気配を感じた。つぐみは人一倍耳が良く普通の人が聞きわけられない、ほんの小さな音にも気づくことができた。

(どうして、こんな、ひと気のない山の中に……)

人の気配はどんどんとつぐみに近づいてくる。つぐみは危険を感じて素早く立ちあがり後ろを見た。ヒョロッとした男性が立っている。四十歳前後に見える。その男性は目を細めてつぐみを見ている。

「あの……」

「君は誰だ?」

男性に誰何《すいか》される。だが気が動転して答えることができない。

「あなたは?」

思わず訊《き》いていた。

「菅原という者だ。大学の教授だ」

「教授?」

「ああ。君は? あの祠を見ていたように思えたが」

「あの祠に興味があるんです」

「どうして？」

つぐみの胸に理不尽な思いが浮かぶ。

（なぜあたしが一方的に質問攻めに遭《あ》わなければいけないのだろう？）

しかも見ず知らずの人間に……。

「あなたも興味が？」

つぐみは訊き返した。

「ある」

「どうして？」

菅原と名乗った男は答えない。

（ホントに大学教授？）

つぐみには判断がつかない。この男がまともな人物でなければ、かなり危ない状況にあるといえる。

「友人の死を調べているんだ」

「友人の死？」

男は頷いた。

「もしかして」

つぐみは一呼吸置く。

「森田さんのこと？」

男の目が僅《わず》かに開いた。

「森田を知っているのか？」

「あたしは森田の娘よ」

「え？」

男が動揺したように見えた。

「森田に娘がいたなんて聞いた事がない」

「血は繋《つな》がっていません。それに戸籍上も親子ではありません」

「面妖《めんよう》な」

「複雑な事情があるんです。あなたは森田さんの友人？」

「そうだ」

つぐみは歩を進めて崖から離れた。菅原は胸ポケットから煙草《たばこ》を出した。

「大自然の中で煙草は似合わないですね」

「感性による」

菅原は煙草に火を点《つ》けた。

「あなたは圭介さんと、どういう友人なんですか？」

「一緒に金印を探していた」

「え？」

菅原は胸ポケットから名刺を出してつぐみに差しだした。つぐみはそれを受けとる。

――嵯峨《さが》大学　史学科教授
菅原陽一
つぐみはその名刺を見ながら「ホントに大学教授なんですね」と呟いた。

「疑ってたのか？」

「少し」

つぐみは正直に答えた。

「君の名前は？」

「森田です」

「下の名前は？」

「つぐみです」

「では必要なときにはつぐみと呼ばせてもらおう」

「馴《な》れ馴《な》れしいです」

つぐみは菅原を睨《にら》んだ。

「だが名字で呼んだら森田圭介と区別がつかなくなる」

「それもそうですね」

つぐみは納得した。

「圭介さんの死を調べているっていうことは、もしかして森田圭介さんが事故死じゃないと思ってるんですか？」

菅原は答えない。

「あたしは事故死じゃないと思っています」

菅原は目を見開いてつぐみを見る。

「どうしてそう思う？」

「森田さんが亡くなる前にメッセージを受けとったんです」

「どんなメッセージだ？」

「金印を見つけたって」

菅原の目が見開いた。

「君にそう言ったのか？」

「ラインで連絡があったわ」

「そうか。僕にもラインが来た」

菅原がポケットからスマホを出して該当メッセージをつぐみに示した。

「あたし宛に来たメッセージと同じです」

菅原が頷く。

「共同研究者の僕宛に連絡があるのは判るが邪馬台国とは関係のない君にも連絡していたとは」

「圭介さんは、あたしのことを信頼してくれてたんだわ。あたしは古事記《こじき》にも詳しいし」

「君か……」

菅原は圭介から聞いたつぐみの話題を思いだしたようだ。

「それで菅原さん。金印の在処《ありか》はどこなんですか？」

「知らないよ。メッセージを見せただろ。文面は〝金印が見つかった〟だけで場所までは書かれていない」

「そうですか。見当はついてますか？」

菅原は首を横に振った。

「皆目、判らない」

「共同研究者なのに？」

「森田にはデータの収集、管理を手伝ってもらってたんだ。その過程で森田自身も邪馬台国にのめりこんだ」

「邪馬台国には、それだけの魅力があるんですね」

「その通りだ。日本の原点が未《いま》だにどこに存在したのか解明されていない。広大な国がどこにあったのか大勢の研究者が長年に亘って研究して調べても判らないんだ。それを見つけられたら日本史史上、最大の発見だろう」

「だから圭介さんは、それが原因で殺されたのかもしれないと思うんです」

菅原は煙を吐きだす。

「金印が大発見だと森田が殺されなければならないのか？」

「お金が絡んでいるとか」

「金？」

「圭介さんの通帳に二千万円もの大金が振りこまれていたんです」

菅原は小さく口笛を吹いた。

「しかも引きだされているんです」

「君は家捜しでもしたのか？」

「遺品整理です。身寄りのない圭介さんの唯一の縁者でしたから」

「なるほど」

「この二千万円について何か心当たりはありますか？」

「いや、ないな。森田は金とは縁がない男かと思っていた」

「そうですか」

「だが興味深い事実だ」

「あたしもそう思います」

「君が森田の死因を他殺だと疑った理由はそれだけか？」

「まだあります」

「坐《すわ》らないか？」

　そう言うと菅原はつぐみの返事を聞かずに傍らの木の根に腰を下ろした。つぐみも菅原の隣の木の根に坐る。

「この現場まで車で来ていないことやスマホが見つかっていないこと」

　つぐみは説明を続ける。

「遺体があった付近にもスマホはなかったようだな」

「はい」

「犯人が持ち去った……ということか？」

「あたしにはそれ以外に考えられません。そしてそんな事をするのは圭介さんを殺害した者じゃないかって」

「なるほど。筋が通ってる」

　菅原は頷きながら言う。

「だとしたら犯人は最近、森田と知りあった人物の可能性がある」

「どうして〝最近〟？」

「犯人は森田のスマホに登録されている自分のメアドなどを知られたくなかったんだ。昔からの知りあいなら登録されていて当然だから隠す必要はない。最近、知りあったから知りあったことを隠したくなったんじゃないかな」

「一理ありますね」

つぐみは静かな声で応える。

「森田……いや圭介から〝金印を見つけた〟というメッセージを受けとったのはいつだ？」

「七月三十一日です」

「その時には圭介はすでに奈良に来ていた。桜井《さくらい》市との会議の前日には巻向入りしていたから」

「どこに泊まってたんですか？」

「知らないんだ」

「知らない？　一緒にいたんじゃないんですか？」

「僕は広島に出張していた」

「だったら圭介さんから聞いてないんですか？　どこのホテルに泊まってるか」

「聞いてないよ。協力しあっているといっても一緒に暮らしてるわけじゃない。お互いの生活や研究がある」

「そうですか」

「圭介が奈良でどの宿に泊まったかは警察も把握していないようだ」

「警察は事件と見てないですからね」

「それがもどかしい」

「あなたも圭介さんが他殺だと思ってるんですか？」

「思ってる」

「どうして？」

「君と同じ理由だ」

つぐみは、まっすぐに菅原を見つめる。

「協力しませんか？」

「協力？」

「一人より二人の方がいいでしょう」

「やめた方がいい」

「え？」

「女には危険だ」

「危険があるとしたら菅原先生も同じでしょう。その危険に男女の別はないはずです」

「騎士道精神から言っている」

「いつの時代の話ですか」

「中世ヨーロッパだ」

「今では通用しませんよ」

「古いものがすべて通用しないとは限らない。だが君の心意気に敬意を表して申し出を受けよう」

「協力してもらえるんですか？」

「警察が動いてくれない以上、協力者は多い方がいい」

「ありがとうございます」

つぐみは礼を言うと「さし当たって何をします？」と訊いた。

「祠を見てみようか」

菅原が崖の下を覗きこむ。崖の中腹には祠が見えている。

「降りられますか？」

崖はかなりの急斜面に見える。

「降りられる。現に祠を造った人は降りている」

「命綱を使ったのかも」

「微《かす》かに道らしき平らな面が祠まで続いている。そこを通って祠まで行けそうだ」

「どうしても行くんですか？」

「ああ。おそらく、そこに金印がある」

菅原は崖の下を覗きこんだ。

＊

井場刑事と松本《まつもと》刑事がコメダ珈琲《コーヒー》店で手作りたまごペーストとトーストを食べていた。

井場刑事の椅子《いす》にはスポーツ新聞が、松本刑事の椅子には週刊誌が置かれている。

「あの東京の女の子の報告は、どない思います？」

「森田つぐみか？」

「ええ。森田圭介の縁者の」

「そこの関係がよう判らんのや」

「親代わり、娘代わり……。そこは置いときましょ。要は森田圭介の通帳に二千万円ものお金が振りこまれて、それがすぐに引きだされてるっちゅう事ですわ」

「やめとけ」

井場刑事は食べながら答える。

「終わった案件や」

「そやけど」

松本刑事も食べながら話を続ける。

「引っかかりますわ」

松本刑事が食べ終わりテーブルの上に置かれた紙ナプキンで口の周りを拭《ぬぐ》う。

「名もない学者の口座に二千万円もの大金が振りこまれてるんですよ。しかも送金者は架空の銀行ですわ」

「友人がふざけて架空の名前を使ったのかもしれん」

「ふざけて二千万もの大金を送りますか？」

井場刑事は答えない。

「スマホが見つからないのも気になりますわ」

「松本」

「はい」

「上がもう終了の判子を押したんや。これ以上関《かか》わることはない。他にも事件は山ほどある」

そう言うと井場刑事は食事を終えスポーツ新聞を手にとって読み始めた。松本刑事は溜《ため》息《いき》をついて週刊誌を手に取りパラパラとめくる。

「ん？」

ページをめくる手が止まる。

「これ」

松本刑事がページを開いたまま週刊誌を井場刑事に渡す。

「左の下を見てください」

井場刑事は週刊誌を受けとると言われたとおり左のページの下部分に目を遣る。

「菅原教授が出席したパーティ会場で、いざこざがあったと書かれています」

井場刑事はサッと記事に目を通した。

「Kが出席者の一人に殴りかかった……」

「そのKというのは久我《くが》天基一郎《てんきいちろう》やと思います」

「知っとるのか？」

「ええ。前にも暴力沙汰《ざた》の事件を起こして私が担当したんですよ」

「どないな奴《やつ》や？」

「凶暴な奴ですわ」

井場刑事は何事かを考えている。

「独りよがりの珍説をブログで発表しているはずですわ」

「記事を読むとK……久我天が殴りかかった相手は菅原教授やないな」

「ええ。菅原教授の助手と出ています」

「どないした？」

「森田圭介か」

「おそらく」

「久我天は森田圭介に恨みを抱いていたっちゅうことか」

「その可能性はあるかと」

井場刑事は記事を読み返している。

「怨恨《えんこん》で殺人という線も……。久我天に話だけでも聞いてみたらどないでしょう。上司に許可を取ってみますわ」

「駄目や」

「井場さん……」

「どうせ許可されん」

「しかし」

「うちらだけでやるか」

「え？」

「行こう」

井場刑事は立ちあがった。

＊

つぐみと菅原は崖の上で見つめあった。つぐみの髪を強い風が薙《な》ぐ。

「どっちから行きます？」

「僕から行こう」

菅原の言葉につぐみは頷いた。菅原は崖の斜面にかろうじて認識できる道を降り始めた。

「大丈夫？」

つぐみが上から声をかける。

「大丈夫じゃなければ落下している」

ひねくれた返事をしながら菅原は思ったよりも速い速度で降りてゆく。それをつぐみは固唾《かたず》を呑《の》んで見守る。

あっという間に菅原は祠に近づき中を覗きこんだ。顔を動かして隅々まで見ようとしている様子が窺《うかが》える。菅原は続いてデジカメを出して祠を数枚撮る。

「あたしも行く」

祠の前には二人分ほどの平らな場所はありそうだ。菅原の返事を聞かずにつぐみはソロソロと崖を降り始めた。危険な場所だし菅原が写真を撮ってもいるが、どうしても自分の目で確かめたかった。風が強く軀《からだ》が飛ばされそうになるが、なんとか祠までたどり着いた。

「金印はある？」

「自分の目で確かめてみろ」

つぐみは祠全体をスマホで写真に撮ると祠の中を覗きこんだ。中は暗く金色の物体は見当たらない。

「ないみたいですね」

「ああ」

「もしかしたら森田さんを殺害した犯人が持ち去ったとか？」

「それはない」

「どうしてですか？」

「祠の中は全体にうっすらとホコリが積もっている。誰も中を動かしていない」

つぐみはもう一度、中を見る。

「ホントだ」

祠の中央に棒状の物が倒れていて、その奥には古びた下駄《げた》が見えるがどちらにもホコリが積もっている。

（この棒は何かしら？）

つぐみは思わず手を伸ばしてその棒状の物を摑《つか》んだ。先端の括《くび》れなどから仏像が長い間に風化したようにも思える。

「これは何？」

　つぐみは棒を菅原に向かって突きだして訊いた。

「供物だ」

「そうか。祠って神社の分祠《ぶんし》ですもんね」

「そうだ」

「何神社なんだろう」

「アラハバキ神を祀《まつ》った神社だ」

「アラハバキ……」

「知っているか？」

「圭介さんの書棚で見ました」

「森田の？」

「ええ。アラハバキ神に関する本が何冊もありました。最近も買っていたようです」

「森田がアラハバキを……」

　菅原が考えこんだ。

「斜め読みした知識ですけど。たしか偽書の中で扱われていた神じゃなかったかしら」

「偽書で扱われていたせいで胡散臭《うさんくさ》く見られがちだがアラハバキ神は古代から実際に信仰

されていた神だ」

「そうなんですか。圭介さんがアラハバキ神に興味を持っていたことから推測すると圭介さんは、この祠がアラハバキ神を祀ったものだと予《あらかじ》め知っていて、それを見に来た可能性もありますね」

「むしろその可能性しか考えられないが」

菅原が呟くように言う。

「でも菅原さん。どうしてこの祠がアラハバキ神を祀ったものだって判るんですか？」

「アラハバキは漢字で荒い脛《すね》の巾……荒脛巾《あらはばき》と書く。そのことから足の神、下半身の神として崇拝されている」

「下半身の神……」

「だから供物には男根を象《かたど》ったものが多く見られる」

「男根……」

「君が持っているのも男根だ」

「え」

つぐみは手に持った供物をどうしていいのか判らずにとりあえず元の場所に置いた。

「男根の他には履物の奉納も多い。この祠の奥にも下駄が置かれている」

つぐみはもう一度、祠の奥の古びた下駄を見た。

「これらのことから推測するに、この祠がアラハバキ神を祀ったものであることは間違いないだろう」

「そうですか。圭介さんは邪馬台国を調べている過程でこの祠も見たんですから圭介さんは邪馬台国とアラハバキに関連があるって思ってたのかしら？」

「いや」

　菅原は首を横に振った。

「そんな話は聞いたことがない。だいたい荒脛巾神社があるのは宮城《みやぎ》だ。近畿《きんき》でも九州でもない」

「宮城……。東北ですね」

「ただしアラハバキ神を祀った末社や祠は全国に点在している」

　末社とは神社の中にある小さな神社のことだ。祠はさらに小さな神を祀った社のことである。

「だから奈良県のここにもあるんですね」

「そういう事だ」

「樺太《からふと》は？」

「樺太？」

「樺太にアラハバキ神を祀ったところはあるんですか？」

「どうして？」

「圭介さんが亡くなる直前に絡まれたんですよね？　久我天という学者に」

「よく知ってるな」

「警察に聞きました。気になって調べたら、その人は邪馬台国は樺太にあるって説を唱えているって」

「荒唐無稽《こうとうむけい》な説だ」

「ですよね」

「だが荒唐無稽な説が間違っているとは限らない」

「え？」

「邪馬台国がどこにあるか確定されていない以上、どこにあってもおかしくないんだ」

「近畿か九州じゃないんですか？」

「僕は近畿だと思っている。そして森田もそう信じていた。だけど九州派の人たちは九州だと信じている。九州が正しければ近畿が間違っているし近畿が正しければ九州が間違っている。つまり近畿にしろ九州にしろ間違っている可能性がある。ということは両方とも間違っていても不思議じゃない」

「なるほど」

　つぐみは菅原の説明に納得した。

「そして近畿説を信じていた森田が、どういうわけかアラハバキ神に着目している。そして荒脛巾神社の総本社は東北にある」

「つまり？」

「邪馬台国は東北にあった可能性もある」

音がした。つぐみは崖の上を見上げた。人の顔ほどもある石が落下してくるのが見える。その上に人影も。だが何かを考えている時間はない。

（避《よ》けなければ）

でもどこへ？　逃げる場所がない。一歩先は崖下だ。軀が動かない。

石が目の前まで飛んできた。つぐみは目を瞑《つぶ》った。軀に衝撃が走る。腕がちぎれるような痛み。続いて軀全体が岩に叩《たた》きつけられるような痛み。

「痛い」

声に出して呟く。

「大丈夫か？」

気がつくと菅原がつぐみの腕を摑んでいる。菅原がつぐみの腕を引いて落石にぶつかるのを助けてくれたようだ。

「ありがとう」

「礼などいい。ここで死なれたら僕も面倒なことになる。それを回避しただけだ」

素直じゃない人。つぐみはそう思った。

「だが、どうして石が……」

「人影を見た」

「え？」

「石が落ちてくるとき上に人がいるのが見えた」

「本当か？」

つぐみは頷いた。

「そいつが落としたのか？」

「判らない。でも」

つぐみは息を吸いこんだ。

「あたしの知ってる人だった」

二人の側《そば》を鳶がかすめて飛んでいった。

＊

井場刑事がファミレスで待っていると松本刑事が入ってきた。

「連絡は取れたか？」

松本刑事が坐らないうちに井場刑事が尋ねる。

「取れませんでした」

井場刑事は松本刑事に久我天と連絡を取るように依頼していたのだ。

「久我天のイエ電とスマホに連絡を入れたんですが出ないんです」

「妙やな」

「久我天は、どうして姿を消したんでしょうか?」

「やっぱり森田圭介の死と関係があるのかもしれんな」

井場刑事は煙草を取りだして指で弄《もてあそ》ぶ。

「どうします?」

「埼玉《さいたま》へ行ってみるか」

「え?」

「久我天の家を調べてみる必要がある」

「そこまでやりますか?」

「それが刑事っちゅうもんや」

「わかりました」

松本刑事は注文を取りに来たウェイターに注文はしないと断った。

「埼玉へ行ったら八王子《はちおうじ》の森田圭介の自宅も調べてみましょう」

「それでこそ刑事や」

「森田つぐみにも連絡を取りますか？」

「時間が許せばな。だがまず久我天や」

「判りました。そやけど上には何と言います？」

「正直に言うしかないやろ」

「許可してもらえますか？」

「お前の言い方次第や」

「僕が言うんですか？」

「当たり前やないか」

「そんな」

「行くで」

井場刑事は立ちあがった。

*

嵯峨大学史学科——。
研究室のドアを開けると村野《むらの》悠斗《ゆうと》の背中が見えた。

「いたのか」

菅原の声に村野は振りむいた。右手に一枚の紙を持っている。

「それは？」

訊きながら菅原は村野の顔が蒼《あお》ざめていることに気がついた。

「菅原先生の机の上に置いてありました」

菅原は村野の手から紙を受けとった。切り抜き文字の列が目に飛びこんできた。

「これは……」

新聞や雑誌から切り抜いたと思われる大きさのバラバラな活字が貼《は》られて二行の文章が綴《つづ》られている。

――いい気になるな　驕《おご》れるもの久しからず
我《わ》れが天誅《てんちゅう》を下す　覚悟しておくことだ

菅原は文面から目を放さない。

「脅迫文ですね」

村野の声に菅原は顔をあげた。

「ああ。いったい誰がこんな事を……」

「犯人、ですよね?」

「犯人?」

「森田さんを殺した犯人です」

「あれは事故だ」

「隠さないでください」

菅原の眉根がピクリと動く。

「菅原先生は森田つぐみさんと一緒に森田圭介さんの死の真相を調べているんでしょう?」

「どうしてそれを知ってるんだ?」

「菅原先生がスマホで話しているのを偶然、聞いてしまったんです。それで断片的な話の内容から推測して」

「君は勘がいいからな」

「ボクも仲間に入れてください」

「君も森田の死が事故ではないと思ってるのか?」

「そうです」

「どうしてだ?」

「森田さんは金印の在処を見つけたんですよね?」

「どうかな」

「研究仲間のボクにまで隠さないでください」

「真相を知れば危険に巻きこまれる」

「若い女性も参加しています」

「君は」

菅原は言葉を切った。

「どうして森田の死の真相を調べたいんだ?」

「短い間とはいえ森田さんとは研究仲間でしたから」

「短すぎる」

菅原は断じた。

「でもそんな脅迫文まで見つけてしまいました。見過ごすわけにはいきません」

「これは警察に任せる」

「やめた方がいいです」

菅原の目が見開かれる。

「なぜだ?」

「相手にしてくれないでしょう」

「それは言ってみなければ判らない」

「ですがその脅迫文が殺人に関するものかどうかも判りません」

菅原はもう一度文面に目を遣る。

「たしかにそうだ。だが警察はどんな些細《ささい》なことでも知らせてもらいたいと言うだろう」

「殺人事件の捜査ならね」

菅原は村野の言葉を吟味するように口を噤《つぐ》む。

「だけど警察は森田さんの死を事故と見なして捜査はしていませんよね？」

「そうだな」

「そんな状態でこれを見せても受けつけてもらえませんよ。それどころか証拠隠滅も考えられます」

「証拠隠滅？」

「この間も小学生のひき逃げ事件の証拠品を警察が紛失した事件があったでしょう」

「聞いたような気がするな」

「証拠品を紛失したばかりか捜査を担当した警部補が押収された証拠品のリストを遺族から回収して廃棄していたんですよ」

「証拠隠滅か」

「平気でそういう事をしますから。他にも警察官による不祥事は後を絶ちません」

「それは警察官に限らないだろう。一般企業や大学にだって不祥事は山ほどある」

「その事実は〝警察官が証拠品をなくすかもしれない〟という心配を軽減するわけではあ

りません。〝警察官だけが不祥事を起こすわけではない〟ことを示してはいますが」

村野の言わんとするところを菅原はすぐに察した。

「つまり、ある程度の確証を摑まないうちに、あやふやな証拠は提出しない方がいいと思うんです。提出するなとは言いませんが、もう少し自分たちで調べてから……。そのための手助けをさせてください。仲間に入れてください」

「駄目だ」

菅原は椅子に坐って村野に背を向ける。

「ボクが久我天の居所を知っていてもですか？」

菅原が振りむいた。

「どうして久我天が関係している？」

「いちばんの容疑者でしょう」

「どうしてだ？」

「直接、森田さんを攻撃しています」

「なるほど。たしかに可能性は高い」

「誰が考えてもそうなります」

「で、どこにいるんだ？　久我天は」

「東北です」

「東北のどこだ？」

「そこまでは判りませんが」

「どうして東北だと知ってる？」

「久我天さんに連絡を取ったことがあるんです」

「なに？」

菅原は目を剝いた。

「いつだ？」

「最近ですよ。同じ研究者として意見を聞きたかったので」

「久我天がパーティ会場で森田を襲う前か」

「もちろんです。その時に〝近々東北に行く〟と言ってました」

「目的は？」

「教えてくれませんでした」

「そうか」

「樺太に行く過程でしょうかね」

「樺太だったら稚内《わっかない》からフェリーか新千歳《しんちとせ》空港から飛行機……いずれにしろ東北ではなく北海道だ。あるいは成田からの直行便もあるはずだ。樺太が目的だったら〝東北に行く〟とは言わないだろう」

「では邪馬台国の比定地が樺太ではなくて東北だと宗旨替えでもしたんでしょうか」

「それは判らないが」

「いずれにしろボクはこういう情報を頻繁に提供できます。仲間に入れて損はないですよ」

「仲間になれば君も我々の情報を入手できるわけだ」

「先生……」

「いいだろう。僕のパートナーに訊くだけは訊いてみよう」

「森田つぐみさんですか？」

「そうだ」

「ありがとうございます」

菅原はスマホを手に取った。

＊

森田つぐみと菅原陽一は八王子の田舎道を走るバスに揺られていた。隣同士に坐っているのでカーブを曲がるたびに軀が密着する。薄手のミニのワンピースを着ているつぐみはそのことを少し気にしている。

「今日のこと、村野さんにも言ったんですか？」

「言った。仲間になったのだから当然だ」

「ですよね」

菅原から連絡を受けたつぐみは村野を仲間に入れることを承諾した。面識はなかったが断る理由が思いつかなかったからだ。

「先方に電話をしないで良いのか？」

「直接、行きたいんです」

菅原は頷いた。つぐみが落石のあった崖で見かけた人影は内野旭《うちのあさひ》だった。つぐみが育った児童養護施設〈ライフポート〉の園長である。実質的なつぐみの親代わりであり森田圭介の友人でもあった。

「どうして内野さんがあの場所にいたのか知りたいんです」

「たしかにその人だったのか？」

「親代わりの人です。見間違えるはずがありません」

「だったら会うのは怖くないのか？」

「少し怖い。だけど園長は悪いことをする人じゃないと信じているから」

菅原は応えずに窓から景色を見ている。ＪＲ八王子駅から四十分ほど走ると停留所が見えてバスは速度を落とした。

「ここで降ります」

　バスが停まると二人は降りた。二十分ほど歩くと養護施設〈ライフポート〉に着いた。来意を決して館内に入り事務の若い男性に来意を告げると園長夫妻は施設裏の畑にいると教えられた。つぐみと菅原は裏手の畑に回った。館内の未就学児が昼寝をすると園長夫婦は裏手の畑に歩いてゆくのが日課となっている。

　畑に着くと園長とその妻の姿が見えた。

　つぐみは唾《つば》を飲みこむ。

　園長の内野旭は四十八歳になる。身長は百七十センチほど。卵形の顔で頭は剃《そ》っている。その細い目には、いつも笑みが浮かんでいる。贅肉《ぜいにく》のついていない軀は身軽に動きそうだ。妻の実枝子《みえこ》は四十七歳。小柄だが夫よりも肉づきがよい。丸顔でやはり笑みを湛《たた》えている。

　二人はつぐみに気がついた。

「つぐみちゃん」

　内野は笑顔だ。つぐみは頭を下げて挨拶《あいさつ》を返す。

「そのかたは？」

「菅原と言います」

　菅原が胸ポケットから名刺を出して内野に渡した。

「嵯峨大学の教授……」

名刺を見ながら内野が呟く。

「つぐみさんと一緒に森田の死の真相を調べています」

「森田君の……」

内野夫妻は顔を見合わした。

「森田君のお知りあいですか？」

「共同研究者でした」

「そうでしたか」

内野は沈痛な顔で頷いた。

「森田は残念なことをしました」

「まさか亡くなるなんて」

内野実枝子が旭に続ける。

「でも調べるって？　森田さんは崖から足を滑らせて死んだんでしょう？」

実枝子が訊く。

「事故じゃないと思っています」

つぐみがハッキリとした口調で言った。

「事故じゃない？」

内野旭が訊く。

「はい」

「どういう事だい？」

「殺されたと思っています」

つぐみの言葉に内野旭は口をあんぐりと開けた。

「殺された？」

実枝子が訊き返す。

「はい」

「まさか……」

「森田さんは亡くなる前にあたしに連絡をくれたんです」

「どんな連絡を？」

「〝金印を見つけた〟って」

「金印を見つけた……」

「亡くなったのは、そのことと関係があるような気がしてならないんです」

内野の顔が険しくなった。

「園長先生」

つぐみが一歩前に進みでた。

「どうしてあの崖にいたんですか？」

「え？」

内野の目が泳いだ。

「いましたよね？　巻向の亀奥山の崖に」

「何の話をしているんだい？」

「そうよ、つぐみちゃん。亀奥山の崖って何？」

「その崖で園長先生を見たんです」

「それは人違いだよ」

内野は即座に否定した。

「そうでしょうか。崖の中腹にいたとき落石があったんです。それで驚いて上を見たら園長先生の顔が見えたんです」

「ええ？」

「何を言っているの？　つぐみちゃん」

「一瞬のことだろう？」

「一瞬のことです」

「しかも落石があって慌てていた。見間違える条件は揃《そろ》っているよ」

つぐみは応えない。

「いつの話？」

「昨日です」

「昨日は僕は都内にいたよ」

「ここですか？」

「いや……。調べものをしに新宿まで出ていた」

「内野も森田さんのことを調べているのよ」

実枝子が言った。

「園長先生も？」

「僕だって森田さんの死に納得がいかないんだよ」

「本当に？」

「ああ」

つぐみは疑わしげな目で内野を見る。

「やっぱりここだったのね」

背後から女性の声がした。振りむくと厚めの生地のTシャツとミニスカートを身につけた女性――阿知波理緒《あちはりお》がいた。

「理緒……」

阿知波理緒はつぐみの大学の同級生で親友でもある。だが〈ライフポート〉とは何の接点もないはずだ。

「どうしてここに？」

「つぐみを捜してたのよ」

阿知波理緒はつぐみが児童養護施設〈ライフポート〉で育ったことを知っている。

「この人は？」

内野旭がつぐみに訊く。

「友だちです」

「大学の同級生なんです」

つぐみに続いて理緒が応えた。

「そうか。でも……」

つぐみと同じ疑問が内野旭にも浮かんだ。

「どうしてここまで？　学校でも会えるのに」

「学校にはいなかったでしょ。ラインにも返事がないし」

「それは……」

「急いでいたのよ。急いでつぐみに連絡を取りたかったの」

「どうして？」

「つぐみ、森田さんのことを調べる気でしょ」

「え」

つぐみは驚いて理緒を見つめた。

「どうしてそう思うの？」

「つぐみを見てたら判るよ」

「理緒……」

「わたしも手伝うよ」

「手伝う？」

「一人じゃ無理よ」

「理緒の気持ちは嬉《うれ》しくてありがたいけど断るわ」

「どうして？」

「一人でやりたいの」

「駄目よ」

理緒は引かない。

「誰にも危険な目に遭わせたくない。そう思ってるんでしょ？」

つぐみが応えないことで理緒の考えが間違いではなかったことが示された。

「鯉沼《こいぬま》君にも言ってないんでしょ？」

「言ってないわ」

「わたしも言わない。二人でやりましょ」

「どうしてそこまで」

「友だちでしょ」

理緒とつぐみは見つめあった。

「協力者は多いほどいい」

菅原が口を挟んだ。

「危険が及ばない仕事だってたくさんある。資料を調べたり整理したり。時間と人はいくらあってもいいんだ」

「よかったら部屋で話さないか？」

内野旭が声をかける。

「そうね。談話室が空いているからコーヒーでも淹《い》れるわ」

内野実枝子の言葉につぐみは頷いた。

つぐみと菅原、そして理緒は内野夫妻の後について歩きだす。

スマホの着信音が鳴った。

「わたしだわ」

理緒がバッグからスマホを取りだした。ディスプレイを見ると〝灘京子《きょうこ》〟とある。

「誰？」

つぐみの問いに理緒は「バイト先から。先に行ってて」と応えた。

「わかった」

四人は理緒を残して歩きだした。

＊

井場刑事と松本刑事は埼玉県戸田市の住宅街を歩いていた。

「よく許可が取れたな」

井場刑事が森田圭介死亡案件の捜査を行う許可を上司から取りつけた。

「土下座ですわ」

「そこまでして取った出張や。観光がてらノンビリいこうやないか」

「めいっぱい仕事するんやないんですか」

「根つめて疲労が溜まったらええ仕事もできんのや」

「そやけど、ここは住宅街ですよ。観光地やありません」

「知らない町を歩くのもええもんや。充分、観光になるで」

井場刑事が周囲を見回しながら歩いていると松本刑事がスマホの地図アプリを見ながら
「この辺りですね」と言った。

「こことちゃいますか?」

松本刑事が古びたアパートの前で足を止める。玄関に〈中村荘《なかむらそう》〉と手書きのような文字が書かれた看板が掛かっている。

「古いアパートやな」

「ええ。築年数もかなりいってますわ」

集合郵便受けを確認すると久我天の郵便受けには投げこみのチラシ類が溜まっていた。

「新聞は取ってないみたいですね」

松本刑事は郵便受けを確認すると錆《さ》びた手摺《てす》りのついた階段を上り始める。

「四階までエレベーターなしですわ」

「難儀やな」

井場刑事も上り始める。四階まで上ると二人は久我天の部屋の前に立った。

「ここです。四階の三号室」

そう言うと松本刑事はブザーを押した。ブザー音がするが反応はない。

「やっぱり出ませんわ」

井場刑事が松本刑事に入れ替わりブザーを押しドアをドンドンと叩いて「久我天さん!」と大きな声で何度も呼ぶが、やはり反応がない。

「何か御用ですか?」

階段を上ってきた瘦《や》せた背の高い年配の男性が声をかけてきた。

「あなたは？」

「オーナーですが。このアパートの」

井場刑事はオーナーと名乗る男を値踏みするようにジロリと見た。

「お名前は？」

「中村と言います。あなたがたは……」

「久我天さんを訪ねてきたんですがね。ブザーを鳴らしても返事がないんです」

「留守なんじゃありませんか？」

「なんとしても連絡を取りたくてね。ケータイにも出ないものですから」

借金取りとでも思ったのかオーナーと名乗る男は胡散臭げに井場刑事と松本刑事を見返す。

「私どもは警察の者です」

「警察？」

松本刑事が警察手帳を提示する。

「できれば久我天さんの部屋を見たいんですが」

中村オーナーが躊躇《ちゅうちょ》していると松本刑事がすかさず「殺人事件の捜査なんです」とつけ加えた。

「殺人？」

松本刑事が厳しい顔で頷く。

「久我天さんが殺されたんですか？」

「そうではありませんが」

井場刑事が中村オーナーを睨むように見る。

「判りました。すぐにマスターキイを持ってきます」

中村オーナーに部屋の鍵を開けてもらうと二人は久我天の部屋に入った。

「散らかってますね」

部屋に入るなり松本刑事が言った。

「性格が出とるわ」

そう言いながら井場刑事が書棚を調べ始める。それを背後から松本刑事が覗く。

「アラハバキという文字が目立ちますね」

「そやな」

「何ですか？　アラハバキって」

「知らん。お前は引出を調べろ」

「判りました」

松本刑事は言われたとおり引出を開けて見始めた。

「ん？」

書類を引っぱりだしていた松本刑事が手を止めた。

「何かあったか？」

「新幹線のチケットの控えです」

「どこ行きだ？」

「仙台ですね」

「仙台か。久我天は邪馬台国が樺太にあったと主張していたな」

久我天が邪馬台国研究の学者だという事は調べてある。

「北に向かっても不思議はないですか」

「そうゆうこっちゃ」

「そやけど肝心の樺太には行ってません」

「そう簡単には行けんやろ。邪馬台国が樺太にあると思っとんのなら、その一環として東北を調べに行くこともあるやろ。つまり邪馬台国の時代の日本人が樺太と東北を行き来していたっちゅうことやな」

「そういうもんですかね。そうなると前からたびたび東北に行っていたっちゅう事もありますな」

「そやろな」

「そやったら東北にも土地勘がありますね」

「潜伏先に選んでも不思議はないっちゅうことか」

「ええ」

井場刑事は書棚を離れてリビングに移動した。

「ん？」

井場刑事がリビングからキッチンへ向かう壁で立ちどまった。

「どないしました？」

「これ見てみい」

井場刑事に呼ばれて松本刑事が引出を離れてリビングにやってきた。井場刑事が指し示したのは壁に掛けられたカレンダーである。

「予定が書きこまれとる」

「ほんまですね。ゴミ出しの日に……これは……薬のチェック……。病気だったんでしょうか」

「いちばん新しい日付を見てみい」

「ええと」

書きこみがしてあった。

「Mと書かれてますね」

「何だと思う？」

「人名のイニシャルでしょうか？」

「おそらくそやろな」

「だとしたら最後に会ったかもしれない人物ですから久我天の行方を知っている可能性がありますね」

「ああ」

「もしくは行方のヒントを」

「調べる必要があるな」

松本刑事はカレンダーをスマホで写真に撮る。

「あの……」

玄関から声がする。振りむくと中村オーナーが顔を覗かせている。

「何か？」

「こちらのかたが……」

中村オーナーが躯をずらすと四十代と思《おぼ》しき、ふくよかな女性の姿が見える。

「久我天さんのことを覚えていて」

井場刑事が玄関まで歩いてゆく。

「久我天さんと親しかったんですか？」

「いえ」

女性は驚いたような顔をして首を横に振った。

「親しくはありません。ただ隣に住んでるんですよ。それで偶然、久我天さんが男の人と話しているのを聞いちゃったんです」

「話している……」

「いえね。今そこで大家さんに会って〝何かあったんですか?〟って訊いたんですよ。そしたら〝久我天さんのことで刑事さんが来てる〟って言うじゃありませんか」

「それで久我天さんのことを思いだしたんですね?」

「そうなんですよ」

「久我天さんと話していた相手は誰だったんですか?」

「知らない人です」

「そうですか。どんな男でしたか?」

「若い人でした」

「何歳ぐらい?」

「二十代後半から三十代前半ってところかしら」

「背格好は?」

「あんまり背の高い人じゃなかったわね。久我天さんよりも十センチぐらい低いかしら。

中肉中背って言うんですか？」

　いつの間にか松本刑事が来てメモを取っている。

「顔はどんな感じでしたかね？」

「ちょっと可愛《かわい》らしい感じでしたね」

「話の内容を覚えていますか？」

「良くは覚えてないんですけど……小声で話してましたから」

「断片的な言葉だけでも覚えてないでしょうかね」

「一瞬、二人の間を通り抜けただけでしたから……。でも村野って言葉が聞こえました」

「村野？」

　井場の眉根が動いた。

「久我天さんが相手の男の人にそう呼びかけていました」

「ということは相手の男性の名前が村野ということですな？」

「そう思います」

「二人はどんな感じで話していましたか？　たとえば言い争っていたとか」

「言い争っていたというか……。揉《も》めてる感じはしましたね。二人とも深刻な表情で……談笑してる感じではありませんでした」

　一通りのことを聞くと井場刑事は礼を言い証言者と中村オーナーに引き取ってもらった。

「村野って知ってるか?」

「いいえ」

「調べてみよう」

「はい」

松本刑事はメモ帳をしまった。

*

菅原陽一《すがわらよういち》と森田《もりた》つぐみに阿知波理緒《あちはりお》を加えた三人は新宿で村野悠斗《むらのゆうと》と落ちあうと駅近くのファミレスに入った。菅原と村野が並んで坐り、その向かいにつぐみと理緒が坐《すわ》る。お互いに知っている情報を提供しあうと検討に入った。

「結局、内野《うちの》園長は何も知りませんでしたね」

つぐみが口火を切る。

「無理もない。森田の活動範囲から〈ライフポート〉は遠い」

菅原が応《こた》える。

「それに内野園長は邪馬台国《やまたいこく》の研究者ではない。森田の死は邪馬台国に関連があるのだろうから内野園長が絡んでいる可能性は低いだろう。君が見たのは人違いだったんだ」

つぐみは頷く。

「でも信じられないな」

村野が呟《つぶや》く。

「森田さんが卑弥呼《ひみこ》の金印を見つけたなんて」

「森田は嘘《うそ》をつく男じゃない。その類《たぐい》の冗談や悪ふざけとも縁のない男だ。森田は本当に金印を見つけたんだ」

「それ、凄《すご》い事なんですよね？」

理緒が訊《き》く。

「日本史上の大発見だ」

理緒が唾《つば》を飲みこむ。

「でも遺品の中からは金印は見つかっていない」

村野の言葉につぐみが頷《うなず》く。

「遺体が発見された現場の崖《がけ》の中腹に祠《ほこら》がある。その祠に金印があるかもしれないと思って調べたけど、そこにも金印はなかった」

「そこはアラハバキ神を祀《まつ》った祠だったの」

「アラハバキ神？」

「謎《なぞ》の多い神よ」

つぐみは圭介《けいすけ》が訪ねたと思《おぼ》しきアラハバキ神を祀った祠を見た後にアラハバキ神について調べた。アラハバキは漢字で荒脛巾《あらはばき》、荒覇吐《あらはばき》、新波々木《あらははばき》、荒羽々気《あらははばき》など様々な表記が存在することも判《わか》った。

「客人神《まろうどがみ》とも蝦夷《えみし》の神とも言われているわ」

「まろうど？」

「他の土地から来てその土地に祀られた神だけど後からやってきた侵略者の神に地位を奪われて客人として小さく祀られている神とも考えられるの」

「なんだか、かわいそうな神ね」

「蝦夷の神も同じような性格を持っているわ。大和《やまと》朝廷に服《まつろ》わぬ神が東北すなわち蝦夷に追いやられた神だもの」

「そうなんだ」

「ただアラハバキ神は研究者の間でも、いろいろな見解が存在して正確な姿は見えないままよ」

「記録は残ってないの？」

「少ないわね。まるで抹消されたみたいに」

思わず答えてからつぐみは何か自分が重大な真実に触れたような気がして軀《からだ》が小さく震えた。

「でも金印を探していた森田さんは、どうしてアラハバキ神を祀った祠に？」

「判らない」

　菅原が答える。

「アラハバキ神が邪馬台国と関係があるんでしょうか？」

「少なくとも森田がそう考えていた可能性は高いだろう」

「でも祠に金印がなかったんだから森田さんの考えは間違いだったという事ですよね」

「それは判らない。アラハバキ神を祀る社《やしろ》は全国にある。そのどこかに金印が眠っている可能性はゼロじゃない」

「金印って社にあるんですか？」

「そうとは限らない。漢倭奴國王《かんのわのなのこくおう》の金印は田んぼ脇《わき》の溝の中から発見されている。人が足を踏みいれない山の土の中に眠っている可能性だってあるんだ」

「だったら探すの大変ですよね」

「だから何百年も見つからない」

「あ、そうか」

「だけど宝物であることは間違いない。だとしたら土の中じゃなくて、どこかに大切に保管されている可能性だって高いんだ」

「だからみんな望みをかけて探している」

「そういう事だ」

「亀奥山《かめおく》の祠に金印がなかったということは森田さんはその祠以外の場所で金印を見つけたんですよね」

つぐみの頭に疑問が生じた。

「すでに金印を見つけていたのならどうして圭介さんは亀奥山の祠に行ったのかしら？」

菅原がつぐみを見る。

「たしかに」

「確認作業とか、いろいろあるでしょう。アラハバキ神と邪馬台国の関係をさらに調べたいとか」

村野が言う。

「そうだな」

菅原が頷くと村野は「森田さんは金印を、いったいどこで見つけたんだろう？　そして、どこに隠したんだろう……」と言った。

「圭介さんがまだ金印を回収していないって事はあるかしら？」

つぐみが言う。

「回収していない？」

「うん。たとえば見つけたけれど崖の途中とか、すぐには取りだせないところにあって」

「それはないだろう」

菅原は即座に否定した。

「見つける事ができれば回収する事もできるはずだ。手に取らなければ、それが金印かどうかも確認できないんだから」

「あるいは……」

つぐみはさらに考えを巡らす。

「すでに誰《だれ》かの持ち物だったら？」

「どういう事だ？　金印を持っている人がいたら、とっくに発表してるだろう」

「でも、その人がそれを価値のある物だとは認識していなかったら……」

菅原はつぐみの言葉を吟味する。

「なるほど」

菅原は納得した。

「たとえば骨董品《こっとうひん》の収集家などが偶然、金印を手に入れていて〝高価な物らしい〟と思って保管しているような場合」

「そう。だけどそれが歴史的に重大な物であるとまでは判っていない場合もあると思うわ」

「たしかに。だが森田がそのことを持ち主に説明するだろう」

「圭介さん自身も確信が持てなくて……。たとえば自宅で資料を検討してやっと確信が持てて」

「持ち主に〝本物だ〟と告げようとして告げる前に亡くなってしまったとしたら……。金印は、まだその持ち主が持っている事になるな」

「ええ」

「だが誰が?」

「判らないわね。金印は圭介さんが隠したのか。それとも元々の持ち主がそれと知らずに保管しているのか。いずれにしても金印を見つけないことには話にならないわね」

「金印の場所にも二通りあるだろう」

「二通り?」

「ああ。一つ目は森田が金印を見つけた場所。金印はどこで発見されたのか?」

「もう一つは?」

「金印は今どこにあるのか」

「そうか。元の場所にあるかもしれないし圭介さんがどこか別の場所に移したかもしれないんですものね」

「そういう事だ」

「どっちを探します?」

「まず森田がどこで金印を見つけたのかを解明するのが筋だろう」

「ですね」

「菅原先生は見当はついてないんですか？　金印の在処《ありか》について」

村野の問いに菅原は「判らない」と答えた。

「どうやって探すんですか？」

理緒が訊いた。

「ボクに考えがあります」

村野が言った。

「ボクたちは森田さんの死が事故ではなく他殺だと思ったから動き始めたんですよね」

みなが頷く。

「だけど考えてみればボクたちの推測が正しければ相手にするのは殺人犯です。調査に女性を巻きこむわけにはいきません」

「今さら何を言ってるんですか」

つぐみが抗議する。

「まあ聞いてください。ボクたちは森田さんの死を直接追うんじゃなくて金印の在処を探すことを第一に考えるべきだと思うんです。それが結果的に森田さんの死の真相を突きとめることに繋《つな》がるんじゃないかな」

つぐみと理緒は顔を見合わせる。

「どうして金印の在処を突きとめることが圭介さんの死の真相を突きとめることに繋がるの？」

「つぐみさんや菅原先生に届いた森田さんのラインがあります」

「金印を見つけた、ね」

「そう。つまり森田さんの死は金印に絡んでいる可能性が高い。それなのに金印はどこからも発見されていない。犯人が持ち去ったのなら発表しているはずですよね」

「ほとぼりが冷めるのを待っているかもしれないわ。時機を見て発表するとか」

「すぐに発表したら怪しまれるもんね」

理緒の言葉につぐみが頷く。

「その場合も森田さんが金印を見つけた場所を突きとめれば犯人逮捕の有力な情報になる。その場所に犯人は行っているはずだから」

「そうね」

「そこまでの情報を摑《つか》めば、それを警察に提供すればいい。犯人逮捕は警察に任せるべきです」

「どう思います？　菅原さん」

菅原は煙を吐きだした。

「一理ある」

村野の顔が少し緩んだ。

「森田がどこで金印を見つけたか。村野君と阿知波くんはそれを探ってくれ」

「え？」

「僕とつぐみ君が森田を殺害した犯人を追う」

「それは……」

村野と理緒は戸惑っている。

「いいな？　つぐみ」

つぐみは頷いた。

「菅原先生。みんな一緒に行動しましょうよ」

「非効率的だ」

村野の提案を菅原が一蹴《いっしゅう》した。

「二つやる事があるのなら二つのチームで別個に当たった方が結果は早く得られる」

「でも……」

「もともと圭介さんの死の真相を探ることは、あたしと菅原さんで始めたことです。後から加わった二人には、その手助けをしてもらうという事で参加してもらいました。だから金印の在処を突きとめることは良い手助けになるし、やってもらえれば助かります」

「わかったわ」

理緒が納得すると村野も頷いた。

「でも具体的にはどうやって金印を探したらいいんですか？」

「金印に一番近づいていたのは森田だ。森田の遺品の中にヒントになるようなものがあればいいんだが」

「スマホがあれば何か判るかもしれないのに」

「スマホは見つかりませんでした。そのことを取ってみても圭介さんは殺されたのだと思います」

菅原は頷く。

「順序立てて金印がどこにあるのか、森田を巡る出来事を元に推理してみよう」

「金印は犯人が持ち去ったのかもしれない」

菅原はコーヒーを一口飲んだ。

「その可能性は高いですよね」

「では犯人は何のために持ち去ったのか？」

「価値のあるものだからじゃないですか？」

「人を殺してまで？」

「それは……」

「人を殺してまで手に入れようとするのは多額の金額がかかっている場合が多いんじゃないだろうか？」

「ですね。銀行強盗とか、宝石泥棒……」

つぐみは指を折る。

「金印が宝石のように換金できるってことは？」

「それはない」

菅原は即座に断言した。

「金印は価値の高いものだがあくまで学問的、歴史的な評価だ」

「金銭的には？」

「金でできた物だがおそらく小さな物だ。純金としての価値はたかが知れているだろう。それに仮に換金したらその時点で金印が見つかったというニュースが日本中を駆け回る」

「ですよね」

「だから犯人の動機が判らないいんだ。動機が判れば金印の行方も判るし同時に犯人にも近づけると思う」

「巨大な金額が動くような事ってないのかしら？　金印を見つけたことによって」

「金印が巨額の金を産む？」

「ええ」

「さあ。商社なら金を産む何かを考えだすかもしれないが……」

「商社……」

つぐみが菅原を見る。菅原はつぐみを見ないで眉根《まゆね》を寄せた。

「コスモ総合商事か」

「ええ。コスモ総合商事がレジャーランドのリニューアルを計画しているんですよね？」

「ああ。〈ヤマタイ〉だ」

「巨額のお金が動きます」

「もちろんそうだろう。でも森田を殺す動機は？」

「そうですね」

つぐみは考える。

「もし〈ヤマタイ〉をリニューアルするとして本物の金印がその中心に鎮座していたら大変な目玉になりますよね？」

「目玉なんてもんじゃない」

「だから〈ヤマタイ〉は、どうしても金印が欲しい。それで圭介さんに金印を〈ヤマタイ〉に展示するように交渉を持ちかけていた。でも圭介さんは、その申し出を拒否した」

「金印は歴史的な宝だ。それをレジャーランドには置きたくない。僕もそう思っている」

「それで殺害した？」

村野の問いにつぐみは「ええ」と答えた。

「だけどもし金印が見つかっていたとして、そしてそれをコスモ総合商事が手に入れたとして、それを〈ヤマタイ〉に展示できるとは思えないな。金印はあまりにも学術的、日本史的な価値が高い。だから国宝になる。その管理はレジャーランドじゃなくて博物館のようなところになるだろうね」

村野が言った。

「でも」

つぐみはなおも考える。

「コスモ総合商事だったらレジャーランドの中心に博物館を建てることもできるんじゃない？」

「君は企業のプランナーになっても才能を発揮できる」

菅原が言う。

「それはないと思うけど」

「まあいい。もし君の言うようにコスモ総合商事がレジャーランドの中心に金印を飾ろうとしていたのならコスモ総合商事はどうして金印を発見したと公表しない？」

「圭介さんが亡くなったばかりの時期に公表したら圭介さんの死に関連があるって疑われそうだからとか？」

「なるほど。可能性としてはありうるな」

「だとしたら」

二人は見つめあった。

「森田の周囲に」

「コスモ総合商事の人間がいる」

「灘京子《なだきようこ》だ」

森田圭介とつきあっていたという女性……。

「村野君、阿知波さん」

「はい」

二人は同時に返事をした。

「君たちは全国に点在するアラハバキ神の祠がある場所を調べてくれ」

「判りました。僕は免許を持ってませんから機動力は心許《こころもと》ないですが資料を読みこむ力は誰にも負けないと自負しています」

「頼もしいよ」

「菅原先生たちは？」

「灘京子に会いに行こう」

つぐみは頷いた。

＊

井場《いば》刑事と松本《まつもと》刑事は池袋のファミリーレストランの喫煙席に向かいあわせに坐り捜査を始めた案件について話しあっていた。

「村野はどうや？」

「胡散臭《うさんくさ》い奴《やつ》でっさ」

「胡散臭い？」

「いちおう研究者ですが強引に菅原陽一のチームに入りこんでいます」

「菅原陽一のチームというのは金印発見プロジェクトチームやな？」

「そうです。チームといっても菅原と森田の二人だけでしたが」

「そこに村野が入りこんだっちゅうわけか」

「はい。〝強引に〟っちゅうとこが気になりますわ」

「何らかの思惑があって〝強引に〟入ってきたっちゅうわけか」

「ええ」

「だがその思惑が森田殺害に結びつくとは限らんやろ。むしろ菅原を学問の師として崇《あが》めていたから何としても一緒のチームに入りたくて強引に入ってきたっちゅう方が自然や」

「そやけど実際に森田が死んでいます。そこから考えれば村野の強引さが気になるわけで」

井場刑事は考えこむ。

「村野のデータは？」

「名前は村野悠斗。二十六歳です。菅原と同じ嵯峨《さが》大学に日本史の助教として勤めています」

「レポート用紙を出せ。村野も交えて容疑者を書きだしていこうやないか」

「わかりました」

松本刑事はレポート用紙をテーブルの上に置いた。

「第一の容疑者は久我天《くがてん》ですね」

「まだ久我天が犯人と決まったわけやない」

「違うと思いますか？」

「容疑は濃いが、まだ久我天とは断定できんちゅうことや。森田圭介を取り巻く者は何人もいるんやから」

「でも動機を持ってそうな者となると……」

「その動機を確認していこう。関係者リストや。森田圭介の周囲の人間を書きだして動機のあるなしをチェックしようやないか」

「判りました」

松本刑事がレポート用紙に名前を書き始めた。最初に森田圭介、その横に久我天基一郎《きいちろう》の名を書く。

「後は……」

「唯一の縁者である森田つぐみ。それに古くからの友人の内野旭《あさひ》、実枝子《みえこ》夫妻もいるぞ」

言われるままに書きたしてゆく。

「後は菅原陽一、村野悠斗」

「最近、つきあい始めた女がいましたね」

「灘京子」

「そんなところですか」

松本刑事はボールペンを置くと井場刑事にレポート用紙を見せた。

「どないですか？」

「まず怨恨《えんこん》の線や。久我天の上にバツをつけろ」

松本刑事は言われるままにバツ印をつける。

「次に森田つぐみを検討してみようやないか」

「シロですわ。娘のようなものですし執拗《しつよう》に捜査をしてくれって言ってきてましたからね」

「そやな」

「内野旭夫妻は不明やな」

「それを言ったら菅原陽一、村野悠斗も不明ですわ」

「灘京子は？」

井場刑事の眉根がピクリと動いた。

「男と女や。何があってもおかしくはない」

「ですね。バッをつけますか？」

「まだ早い。何の確証もないんやから」

「怨恨の線だと該当しそうなのは久我天だけですか」

「次は金銭や」

「森田の口座に二千万円の金が振りこまれていたそうですね」

「しかも程なく引きだされている」

「むしろ久我天の怨恨より、こっちの方が気になりますわ」

「そのうえ送金者は架空の銀行名や」

「ミヤコダイイチギンコウ……」

「ミヤコということは京都からでしょうか」

「東京かも判らんで。今の都やからな。森田は東京在住やし」

「人名を暗示してるっちゅう事は考えられませんか？」

「人名？」

「灘京子です」

「灘京子……。京の字が入っとるな」

「京すなわちミヤコです」

「灘京子の上にバツをつけろ」

「もう？　早すぎませんか？」

「かまわん。ただの目安や」

松本刑事が〝灘京子〟の上に×印をつける。

「怨恨、金銭ときたら次は男女関係や」

「ここでも該当するのは灘京子ですね」

「そうゆうこっちゃ。バツをつけといて良かったやろ」

「はあ」

「リストを見せてみい」

松本刑事は×印をつけた手書きのリストを井場刑事に見せた。

森田圭介

×久我天基一郎
森田つぐみ
内野旭、実枝子
菅原陽一
村野悠斗
×灘京子

しばらく凝視していたが井場刑事はリストを松本刑事に返した。

「まずは、こんなところやろ」

スマホの着信音が鳴った。松本刑事が上着のポケットからスマホを取りだして耳に当てる。

――はい。松本です。

小声で受ける。

――判った。おおきに。

三、四分ほど小声で会話をすると松本刑事は通話を切った。

「誰からや」

「警視庁の知りあいです。森田圭介周辺の人物を洗ってもらってたんですわ」

「ええ知りあいやな」

「一つ気になる報告がありまして」

「なんや」

「森田つぐみと菅原陽一が連《つる》んで事件を嗅《か》ぎ回ってるらしいんですわ」

「なんやて」

「そこに村野悠斗ともう一人、阿知波理緒っちゅう女が加わったと」

「誰や、その女は」

「森田つぐみの友人です」

「気になる事っちゅうのは？」

「阿知波理緒ですわ」

「どうして気になる」

「森田圭介と直接の知りあいでもないのに調査グループに強引に加わっています」

「森田つぐみの友だちやからやろ」

「そう考える事もできますが彼女が銀行に出向いた日が気になりますわ」

「どういうこっちゃ」

「報告に依《よ》りますと阿知波理緒は七月十八日にコスモ銀行に行ってるんですが、その日は森田圭介の口座に二千万の振込があった日なんです」

「偶然やろ」

「かもしれません。でも気になりますわ」

井場刑事は考える。

「阿知波理緒をリストに追加しろ」

井場刑事は煙草《たばこ》を灰皿で揉《も》み消した。

*

菅原とつぐみは東京都品川区に建つコスモ総合商事のオフィスビルにやってきた。

「大きなビルですね」

「ああ。品川でも大きな方だろう」

「緊張します」

「君は場慣れしてるだろう」

つぐみは以前に古事記《こじき》に関《かか》わる事件に巻きこまれたときにその解明の過程についての記者会見の席に臨んだことがある。

「あたしは、ただの学生ですよ」

「君は、ただの学生じゃない。明晰《めいせき》な頭脳と度胸を兼ね備えた学生だ」

「買いかぶりです」

菅原は応《こた》えない。

「あたしのこと認めてくれたんですか？」

やはり答えずに「行こう」と言ってビルに入っていった。つぐみも後を追う。

受付で来意を告げると受付嬢からカードを渡され、そのカードでゲートの錠を開けてエレベーターに進む。

「厳重ですね」

「疚《やま》しい事があるからだろう」

菅原の言葉をつぐみは冗談だと解釈した。そこには〝灘京子には何か疚しいところがある〟という気持ちも籠《こ》もっているのかもしれない。

応接室に入って待っているとドアが開いた。タイトなミニスカートの女性が入ってくる。

「菅原先生、お久しぶり」

女性は灘京子だった。灘京子は二人の正面に坐ると脚線美を強調するように足を組んだ。

「灘です」

灘京子は名刺を出すとつぐみの前に置いた。

——コスモ総合商事　企画開発部
灘京子

つぐみはその名刺を受けとる。

「森田です」

「つぐみさんね」

「はい。あたしを知ってるんですか?」

「もちろんよ。森田圭介の娘なのよね」

「血は繋がってませんけど」

「それも知ってるわよ」

灘京子は煙草を出した。

「で、何の用?」

「森田の亡くなる前の足取りを調べてるんだ」

灘京子は無言で煙草に火を点《つ》ける。

「何のために？」

煙草を吸い煙を吐きだすと灘京子は訊いた。

「僕たちは森田の死因は事故じゃないと思っている」

灘京子は眉根を動かして「事故じゃなかったら何なの？」と訊き返す。

「殺されたと思ってるんだ」

「殺された？」

つぐみが神妙な面持ちで頷く。

「馬鹿馬鹿しい」

灘京子はまた煙を吐きだす。

「コスモ総合商事では客に断りもナシに社員が煙草を吸うのか？」

「吸っていい？」

「どうぞ」

つぐみが答えた。

「森田さんの死は事故死だって警察が断定してるのよ」

「腑に落ちない事があるんです」

つぐみが森田の死に関する不審な点を説明する。つぐみの説明を聞き終えると灘京子は

「ふうん」と気のなさそうな返事をした。

「君は森田とつきあっていた。森田の死の直前の足取りについて何か知ってるだろう」

「知らないわ」

「つきあってたんですよね？」

「最後は疎遠になってたのよ」

「疎遠？」

「有り体に言えば別れたの」

「つきあい始めたばかりだろう」

「五年つきあって別れるカップルもいれば三日で別れるカップルもいるわ。男女の仲なんて人それぞれよ」

「それはそうだが」

「別れた原因は何ですか？」

「お互いに見ている方向が違っていたのね」

「見ている方向？」

「森田さんは金印。わたしはレジャーランド」

「すれ違いって事ですか？」

「そんな甘っちょろいもんじゃないわよ」

つぐみが小首を傾《かし》げた。

「もともと森田さんとは、つきあうつもりはなかったの。でも本命に振られたから森田さんに声をかけた。これが真相よ」

「どういう事ですか？」

灘京子の真意を探るようにつぐみは慎重に尋ねる。

「わたしの本命は菅原先生だったの」

「え！」

灘京子の答えはつぐみの想像外のことだった。

「でも振られた。だから森田さんに接近したのよ」

「振られた？」

菅原が驚いた顔を見せる。

「そうよ」

「そんな覚えはないが」

「金印よ」

「金印？」

つぐみが訊き返す。

「コスモ総合商事は奈良《なら》県巻向《まきむく》にあるレジャーランド〈ヤマタイ〉の大型リニューアルを

計画しているの」

「知ってます。新聞で読みました」

「その目玉として卑弥呼の金印をレジャーランドの中心に置くことを菅原先生に頼んだのよ」

「そうだったんですか？」

つぐみの問いに菅原は「ああ」と答えた。

「でも、にべもなく断られた」

「当然だ。金印は日本の宝だ。レジャーランドに置くようなものではない」

「このレジャーランドは日本のためになるものなのよ」

「日本のために？」

「そうよ。〈ヤマタイ〉のリニューアルが完成すれば世界にアピールできるレジャーランドになるわ。観光立国としての日本の象徴と言える存在になるのよ。だからこそ金印は必要なの」

「菅原先生が金印を発見した暁には〈ヤマタイ〉に置くように頼んだんですか？」

「そうよ。その必要性を説いて。でも理解してもらえなかった。だから森田さんに近づいたのよ」

「どうして……」

「将を射んと欲すればまず馬を射よ」

灘京子は小さな笑みを浮かべて菅原を見た。

「わたしの目的は最初から〈ヤマタイ〉よ。森田さんと男女の仲になったのは手段に過ぎなかった」

「ひどい」

つぐみが灘京子を睨《にら》む。

「こんな大企業に勤めてるから灘さんって、もっとちゃんとした人かと思ってました」

「ちゃんとしてるわよ」

灘京子は煙草を灰皿に押しつけた。

「わたしはわたしなりにね」

「でも他人を利用して……。立派な企業に勤めている人が」

「立派な企業も悪いことをいっぱいしているのよ」

つぐみは数々の新聞やテレビで取りあげられたニュースを思いだした。

「前にコンビニで百円のコーヒーのカップに百五十円のカフェラテを淹《い》れて逮捕された人がいたけど」

つぐみはなんとなく覚えていた。たしか二週間近く勾留《こうりゅう》されたはずだ。

「企業の不正献金や脱税は単位が違うわよ。でも逮捕されない事も多いわ」

「だからといって」

「お嬢ちゃんのつぐみちゃんには判らないでしょうね。わたしは必死に戦いを勝ちぬこうとしているの」

「何の戦いですか?」

「人生のよ」

灘京子は即答した。

「いったい〈ヤマタイ〉にいくらのお金が動くと思ってるの?」

「大金だということは判ります」

「目も眩《くら》むようなね。企業にとっても最大級の仕事になるし、わたし自身も巨額の報酬を得られるのよ」

それがいくらぐらいになるのかつぐみには見当もつかなかった。

「金額だけじゃないわ。この仕事を成功させれば一気に役員になることだって夢じゃない」

「コスモ総合商事の?」

菅原が訊いた。

「そうよ」

灘京子は見たところ二十代後半から三十代前半に見える。

（この若さで大企業の役員？）

魅力的な立場であることは確かだ。

「役員になって……最後は社長になりたいの」

灘京子の野望の大きさにつぐみは唖然《あぜん》とした。

（コスモ総合商事の社長に？）

一瞬、呆《あき》れたが、やがて感心した。

（すごい）

灘京子の軀から凄《すさ》まじいオーラが噴きでたような気がした。

「そのためには金印が必要なのよ」

「君が金印を必要としているのは判った。だがそれが森田とどう結びつく？」

「言ったでしょ。将を射んと欲すればまず馬を射よ。あなたを籠絡《ろうらく》するために森田さんから説得してもらおうと思ったの」

「それだけのために男女の関係になったのか？」

「男女の関係になるだけでそれだけのことが可能だったらやるわ。何だってやるわ。盗聴器だって仕掛ける。わたしはそういう生きかたで受験戦争も就職戦線も乗りこえてきたのよ」

「呆れた」

つぐみは思わず声に出していた。その野望の強烈さに感心したつぐみだったが度が過ぎている。

「あなただって同じ穴の狢《むじな》よ。つぐみちゃん」

「あたしが？」

灘京子は頷く。

「そうよ。あなたが、ただのお嬢さんでないことは知ってる。でも所詮《しょせん》は出たがりの目立ちがり屋よ」

「そんなこと……」

「あなたは前に古事記絡みの事件で世間の耳目を集めた。そして今回も自分から話題の渦中に飛びこもうとしている」

「それは……」

「不可抗力だったと？」

つぐみは頷こうとして何故《なぜ》かできなかった。

「それは言い訳ね。おとなしくしてれば済む話だもの」

その言葉を予想してつぐみは反論の口を噤《つぐ》んだのかもしれない。

「森田さんと男女の仲になった成果はあったのよ」

「酷い言い草だな」

「事実を述べただけ。回りくどい言い方は嫌いなの」

　この人はそうかもしれないとつぐみは思った。

「まあいい。で、どんな成果だ？」

「森田圭介は金印を見つけていた」

　つぐみは唾を飲みこむ。

「それを君は聞きだしたのか？」

「そうよ。寝物語にね」

「たしかに男女の仲になった成果はあったようだな」

「どこなんですか？」

　つぐみが訊く。

「金印。どこにあるんですか？」

「教えてくれなかったわ」

　灘京子は煙草の煙を吐きだす。

「本当に？」

「嘘《うそ》だったら今ごろ日本中が大騒ぎしてるわよ」

　菅原は少し考えてから「たしかに」と呟く。

「見当はつかないのか？　亡くなる前に森田はどの辺りを探索していたとか」

「それは菅原先生の方が詳しいでしょ」

「一ヶ月、中国に行っていてね。おそらく森田はその間に金印の在処の目星をつけたのかもしれない」

「菅原先生が日本を留守にしていた隙《すき》を狙《ねら》うように灘さんは圭介さんと急激に親しくなったのね」

つぐみが灘京子を睨みながら言う。

「悪い？　わたしと仲良くなったあと森田さんは金印を見つけたのよ。わたしは森田さんの女神ね」

「女神じゃなくてファムファタールだろう。森田は死んだんだから」

ファムファタールとは運命の女、もしくは男を破滅させる魔性の女のことだ。

「運命の女という意味では、そうかもしれないわね」

「男を破滅させる女の意味だ。あるいは死神か」

「酷《ひど》いわね」

「仮に女神だとして」

つぐみが口を挟む。

「圭介さんはあなたと出会って何を閃《ひらめ》いたのかしら？　どこを探したのかしら？」

「それをわたしが知っていたとして、あなたたちに言うと思う？　わたしだって金印を誰よりも先に見つけたいのよ」

「そんなことを言っている場合じゃないだろう。殺人事件の情報を提供するのは市民の義務だ」

「わたしは市民よりも先に社員なのよ」

「灘さん……」

「それに警察官でもない菅原先生に情報を提供する義務はないわ」

灘京子は煙草を灰皿で押しつぶした。

「時間よ。行くわ」

灘京子は立ちあがった。ドアを開けて部屋から出るとドアに手をかけたままにして菅原とつぐみに部屋を出るように促す。仕方なく二人は立ちあがって外に出た。

「出口は判るわね？」

菅原は頷くと部屋を出た。つぐみも後に続く。廊下の角を曲がってエレベーターのボタンを押す。

「成果ありませんでしたね」

エレベーターを待ちながらつぐみが言うと菅原は頷いた。

男性の話し声が聞こえる。エレベーターのドアが開いた。男性が二人、女性が一人、乗っている。菅原が乗りこもうとするとつぐみが菅原の腕を摑んだ。菅原が振り返る。

「待って」

つぐみが小声で言うと菅原は怪訝《けげん》な顔を見せた。エレベーターのドアが閉まった。

――新幹線代の領収書をたくさん提出してますね。

――見たの？

――偶然見えちゃったんです。

――出張はすべて奈良も宮城《みやぎ》も新幹線よ。移動中に本が読めるから。

――また宮城ですか？

――そうよ。

――このところ多いですね。


再びエレベーターを呼ぶボタンを押す。

「どうしたんだ？」

「灘さんと男性が部屋の前で話す声が聞こえたんです。その内容を聞きたくて」

「話し声は聞こえたけど内容までは聞きとれなかった」

「あたしは聞きとれました」

「あれが聞きとれたのか？」

「あたし耳はいいんです」

「そうか。で、何て言ってた？」

「灘さんはこのところ宮城出張が多いって」

「宮城？」

つぐみは頷いた。

「どういう事でしょうか？」

「宮城には荒脛巾神社がある」

ドアが開いた。中には誰も乗っていない。二人は乗りこんで一階のボタンを押す。

「灘さんは荒脛巾神社に？」

「判らない。でも森田も荒脛巾神社に興味を示していた」

「行ってみましょうか？」

チンと音がしてエレベーターが一階に着いた。ドアが開く。女性が一人、立っている。

「つぐみ……」

コスモ総合商事の一階に立っていたのはつぐみの親友、阿知波理緒だった。

＊

二人の刑事が森田圭介および久我天基一郎に関する聞きこみを続けていると星城《せいじょう》大学文学部史学科教授、三谷敦彦《みたにあつひこ》の名に行きあたった。森田圭介が亡くなる十日前に会っていた人物だ。

井場刑事と松本刑事は文京区に位置する星城大学に三谷教授を訪ねた。ロマンスグレーの髪が紳士的な印象を与える温厚そうな人物だ。

「森田さんに会った事がありますね？」

三谷教授の研究室に通され挨拶《あいさつ》を交わすと早速、本題に入る。

「あります」

「いつですか？」

三谷教授が手帳をめくる。

「彼が亡くなる十日ほど前です」

「どのような経緯でお会いになったんですか？」

「学会の会合です」

「その時は、どんなお話を？」

「もちろん邪馬台国に関する話です」

「もう少し具体的には？」

「邪馬台国の比定地がほぼ九州と近畿に絞られる事はご存じですか？」

「知っています。俄《にわか》勉強ですが」

「けっこうな事です」

三谷教授は大きく頷いた。

「森田さんは、その邪馬台国の比定地を奈良県巻向だと主張する菅原陽一先生の助手をしています」

「それも知っています」

三谷教授が頷く。

「ところが森田さんは私に邪馬台国が東北に存在した可能性について尋ねてきました」

「邪馬台国が東北？」

「そうです」

「そんな説もあるのですか？」

「ありません」

三谷教授はすぐに答えた。

「ほとんどない、と言い直すべきですね。邪馬台国の比定地は、それこそ無数と言っていいくらい存在しますから」

「たとえばどんなところに？」

「邪馬台国はフィリピンにあったとか」

「なるほど。で先生は森田さんの質問に何と答えたんですか？」

「可能性はあると」

「あるんですか？」

「私はないと思っていますが私の考えが正しいと証明されたわけではありませんので」

「謙虚ですな」

「それが学問の道です」

「学問以外の話は出ましたか？」

「学問以外？」

「たとえば久我天さんの話とか」

「久我天……」

「考古学者の久我天氏です」

「あの男ですか」

「ご存じですか？」

「面識はありませんが名前は知っています。学会で見かけた事がありますから顔も知っていますよ」

「その久我天氏が奈良県の学会で森田さんと言い争い……と言うよりは一方的に久我天氏が森田さんに言いがかり……もっと言えば因縁《いんねん》をつけていた事があるんです」

「あの男ならやりかねないでしょうね」

「何故そう思うんです？」

「今回の学会の集まりでも久我天氏はトラブルを起こしていましたから」

「森田さんと？」

「いえ、違います。招待されていないのに会場に入ろうとして受付の人と揉めてたんですよ」

「それで、どうなりました？」

「村野という若い研究者に宥《なだ》められて収まりました」

「村野……」

井場刑事と松本刑事は思わず顔を見合わせた。

「村野悠斗ですか？」

「下の名前は失念しましたが……嵯峨大学で今は菅原教授の下で金印探しに協力している人です」

「その男なら知っています」

松本刑事が言うと井場刑事が「トラブルが収まったというのは村野と久我天が知りあいだったから？」と続けた。

「そう見えました」

松本刑事がメモを取る。

「久我天氏が今どこにいるかご存じですか？」

「いいえ。知りません」

「心当たりは？」

「ないですね」

「そうですか。では森田さんの足取りについてお聞きします」

「足取りと言われましても」

三谷教授は困惑した顔を見せる。

「別に森田さんと知りあいというわけではないのでね。お会いしたのも今回が初めてなんですよ」

「そうでしたか」

「ですから森田さんの行動範囲や行動予定のようなものは残念ながら知らないんです」

「わかりました」

「ただ……」

「ただ？」

「森田さんには新進気鋭の学者を紹介しました」

「誰ですか？」

「早乙女《さおとめ》という女性です」

「女性のかたですか」

「ええ。森田さんがこのところ興味を持ち始めた邪馬台国＝東北説に詳しい女性研究者です」

「それで森田さんはその女性に会いに行ったんですか？」

「判りません。このところ早乙女君とも会っていないので。同じ大学にいるんですが彼女は忙しくて」

「早乙女さんの連絡先を教えていただけますか？　殺人事件の捜査に必要なので」

「判りました」

早乙女という女性の連絡先を聞くと二人の刑事は三谷教授の元を辞した。

＊

コスモ総合商事の入口でつぐみは理緒をまっすぐに見つめた。

「理緒、どうしてここに？」

理緒は答えない。つぐみが質問を重ねようとしたとき「つぐみは？」と訊きかえされた。

「え？」

「つぐみは、どうしてここにいるの？」

「あたしは……」

つぐみは菅原を見た。菅原は頷いた。

「灘さんに会いに来たのよ。圭介さんとつきあっていた人」

「そうだったんだ。ゴメンね。お手伝いできなくて」

「いいのよ。理緒はどうして？」

「就活なの」

「就活……」

「そうなのよ。コスモ総合商事に知りあいがいて挨拶に来たの」

「そうだったんだ」

「じゃあ約束の時間だから」

つぐみは頷く。

「ゴメンね。また連絡して」

そう言うと理緒はコスモ総合商事ビルのエントランスに入っていった。

「君は就活は？」

菅原がつぐみに訊いた。

「してないわ」

「就職しないのか？」

「もちろんするつもりだけど今は頭が回らなくて」

「心配しなくても君なら引く手あまただろう」

つぐみは肯定も否定もしなかった。

「宮城行きの手配をしてくれ」

「わかった」

「僕はその間、宝井《たからい》さんに会ってみようと思う」

「宝井？」

「僕の先輩の考古学者だ」

「どうしてその人に？」

「森田が近々会いにゆくと言ってたんだ」

「その人に？」

「そうだ」

「会いにゆく目的は何だったんでしょうか？」

「判らない。だけどなんとなく宝井さんが鍵《かぎ》を握っているような気がしてならないんだ」

菅原は歩き始めた。

＊

千葉県松戸《まつど》市に広がる成光《せいこう》大学キャンパスの第三棟に宝井幸三《こうぞう》の研究室はある。菅原がドアを開けると部屋の中で宝井幸三が煙草を吸っていた。宝井幸三の他に人はいない。

「よく来たね」

菅原の顔を見ると宝井幸三は煙草をアルミ製の灰皿で揉み消して笑みを浮かべた。

「ご無理を言ってすみません」

「いやいや。こちらこそ遠いところまで足を運んでもらって申し訳ない。まあ坐ってよ」

菅原は薦められるままに宝井の前に置かれている丸椅子《まるいす》に腰をかけた。椅子は薄汚れていたし部屋全体が薄汚れている。今まで菅原が見たどの研究室よりも汚れていた。

「訊きたい事があるんです」

菅原は切りだした。

「何だい？」

宝井幸三が応える。

「森田の事なんです」

「亡くなったそうだね」

「はい」

「不幸な事故だと聞いたが」

「事故じゃないと思っています」

「ええ？」

宝井が驚いた顔を見せた。菅原は今までの経緯を説明する。

「そうだったのか」

宝井は神妙な顔で言った。

「驚いた話だな」

宝井は煙草を取りだして口に銜《くわ》えた。

「本当なのかい？」

「それを調べたいんです」

「それで僕に何を訊きたいんだい？」

宝井は頷いた。

「森田は僕に〝近々宝井さんの所へ行く〟と言ってたんですが来ましたか？」

「来たよ」

「いつですか?」

「いつだったかなあ」

宝井はデスクの上の手帳を手に取った。

「七月半ばだ」

「七月半ば……。森田が亡くなる二週間前ですね」

「そうなるね」

「森田はどんな用件で宝井さんを訪ねたんですか?」

「邪馬台国の所在地が東北だという可能性はあるか訊かれたよ」

「邪馬台国が東北?」

「そうだ。どうしてそんな事を訊くのか疑問に思ったがね」

「森田はアラハバキに興味を持っていたようです」

「アラハバキ……」

「荒脛巾神社が宮城にありますから、その辺りからの連想かもしれませんね」

「なるほどね」

「久我天も最近はアラハバキに興味を持っていたようです」

「知っているよ。彼のブログを見たんだ。そこにそんなようなことが書かれていた」

「久我天に興味があったんですか?」

「目の前で暴力沙汰《ざた》を起こされたからね。興味は湧《わ》いた」

菅原は頷いた。

「森田が邪馬台国＝東北説になぜ興味を持ったのかという疑問を森田にぶつけましたか？」

「もちろん訊いてみたよ」

「彼は何と？」

「邪馬台国が樺太《からふと》にあったとする説があるから気になったのだと」

「久我天の説ですか。久我天も東大で教鞭《きょうべん》を執《と》ったほどの人物です。無視できないと感じていたのでしょう」

「そうかもしれないね」

「宝井さんはどう答えたんですか？」

「一笑に付したよ」

「でしょうね。それ以外に対処の仕方がない」

「ただ……。邪馬台国＝東北説に言及している学者もいる。そのことを教えたよ」

「誰ですか？」

「星城大の三谷教授だ」

「三谷教授……。彼は九州説ですよ」

「そうだ。だが言及はしている」

「どのように？」

「これだよ」

宝井はデスクの上のブックエンドで挟まれた書籍、書類群の中から一冊を取りだして菅原に渡した。

「〈まほろば紀行〉ですか」

古代史をテーマにした季刊誌だ。菅原はパラパラとページをめくり三谷教授が寄稿している記事を探しだす。

「これか……」

ザッと斜め読みして内容を確認する。

「たしかに言及していますね」

「だろ？」

宝井は嬉《うれ》しそうに目を細める。

「三谷先生も可能性としては認めていたんですね」

「ああ。ただし、もっと積極的に認めていた人物がいる」

「誰ですか？」

「三谷教授の愛弟子《まなでし》だよ」

「早乙女さん？」

「そうだ」

「彼女も九州説では？」

「最初はそうだった。だが、このところ考えに変化が生じたようだ」

「東北説に靡《なび》いた？」

宝井は頷く。

「知らなかったな」

「論文は発表していないよ」

「じゃあどこで？」

「実は彼女と飲む機会があってね」

「そこでプライベートに話したんですか」

「そういうわけだ」

「早乙女さんはどこまで本気なんですか？」

「五分五分だよ。彼女が今まで主張していた九州説と東北説、五分五分だと思っている」

「そこまで真面目《まじめ》に信じているんですか」

「そうだ」

「信じられないな。彼女は聡明な人だと思っていたが」

「今でも聡明だよ」

「だったら根拠は？　東北説の根拠は何なんです？」

「彼女に直接訊いてみるといい。私は酒の席だったので詳しいことまで聞いてないんだ」

「そうですか」

「森田君も彼女に会っているはずだ」

「森田も……」

「連絡先を教えよう」

「お願いします」

「名刺をもらったはずだ」

宝井が引出を開けると大量の名刺が整理もされずに投げこまれていた。

＊

つぐみは再び圭介の家を訪れパソコンの前に坐って悪戦苦闘していた。

圭介のスマホは紛失しているし手帳も見当たらない。圭介が手帳を使っていることをつぐみは知っていた。

（おそらく犯人に抜き取られた）

残る有力な手がかりとなりうるものはパソコンだろう。

（犯人がこの家に来ていたとしても、このデスクトップ型のパソコンを持ち去ることはできなかったのね）

おそらく、つぐみと同じようにパソコンを開いて中のデータを確認しようとしただろうがパスワードが判らずに退散したに違いない。つぐみはそう確信した。

（でもあたしは開かないと。時間もあるし）

人のパソコンを勝手に覗こうとすることに最初は後ろめたさを感じた。だが、そんなことを言っている場合ではないと覚悟を決めた。持ち主である圭介は亡くなっているし当人のパソコンを見ればその死の真相を示す手がかりが見つかるかもしれないのだ。

（だけど……）

森田圭介が使いそうなパスワードを推測して何度も試したが、すべて拒否されている。つぐみは壁の時計を見た。午前一時を回っている。つぐみは脳内のブドウ糖が減っているように感じていた。ブドウ糖は脳の唯一のエネルギー源だと聞いたことがある。つぐみは鈍くなった頭の回転を奮い起こして考える。

（もしかして、あたしの名前？）

初めてその可能性に思い至った。

（圭介さんがあたしの名前をパスワードに使っている可能性なんてないと思うけど……）

それでも、その考えには遠慮があるのかもしれない。そして今は遠慮をしているときではない事もつぐみは判っている。

（やってみよう）

つぐみはパスワードの窓に〝TUGUMI　MORITA〟と打ちこんでエンターキイを叩く。〝パスワードが違います〟の文字が浮かび侵入を阻まれる。

（やっぱり駄目か）

つぐみはパソコンの電源を切ろうとした。切るためのショートカットキイであるUキイを押そうとしたとき右隣に数字の10が見えた。

（アルファベットのIとOね）

その並びが数字の10に見えたのだ。

（あ）

つぐみの頭に一つの考えが浮かんだ。

（最後に試してみよう）

つぐみは〝TUGUM1　M0R1TA〟と打ちこんだ。アルファベットのIを数字の1に、Oを0に置き換えて自分の名前を打ちこんだのだ。

（これで限界。駄目だったらもう手がないわ）

エンターキイを押す。

ディスプレイに変化が現れる。

(これは……)

パスワードが受けいれられたことを示す動きがディスプレイに見られる。

(開いた)

つぐみが打ちこんだパスワードがヒットしたのだ。

ディスプレイには様々なアイコンが並んでいる。

(やった)

つぐみの胸に喜びが満ちる。

(だけど)

森田圭介のパソコンの中から森田の行方あるいは死の真相に繋がる手がかりが見つかるとは限らない。そのこともつぐみは承知している。

(どこを開けようか?)

つぐみはアイコンを見渡す。

(日記のような物はあるかしら?)

だが見つからない。

(そうだ。メール)

親しい知人との連絡などはスマホのアプリなどを通じて行うことが多いだろうが(現につぐみとの連絡もスマホのラインだった)事務的な連絡や交通チケットの購入などはパソ

コンを使っている可能性もある。

つぐみはメールソフトのアイコンを見つけてクリックした。森田圭介は三つのメールアドレスを持っていた。本名のものと、おそらく学問関係のやりとりをするアドレス。それにネットショッピングなどをするためのアドレス。厳密な決まりは判らないが見る限りそのような分類だろうとつぐみは当たりをつけた。

圭介は研究を続けていたと言っても菅原に声をかけられるまでは世捨て人のような生活をしていたから連絡を取りあう相手も多くない。

(学者仲間は、ほとんどいないわね)

つぐみは三つのメールアドレスのそれぞれの送信履歴と受信履歴を閲覧してゆく。

本名での送信、受信履歴には灘京子とのやりとりが目についた。ここでも後ろめたさが脳裏《のうり》に過《よ》ぎったがつぐみは気持ちを強くしてメールを開いてゆく。


——昨夜は楽しかった。今度はいつ会える?

灘京子からのメールだった。つぐみは次のメールを開く。

——明日、グランドホテル古都のバーで。部屋は取ってあるから。

二人が男女の仲だったことを裏づけるような文面だ。

圭介から灘京子に宛《あ》てたメールを見る。

——二、三日で帰る。

文面はそれだけだ。どこへ行くのか行く先は書かれていない。圭介が亡くなる一週間前の日付だ。

（この感じだと圭介さんの行き先を灘さんは知っているのかしら？）

灘京子とのメールはそれ以降はない。

（ラインに切り替えたのかも）

つぐみは二つ目のメールアドレスに取りかかる。だが学問関係のメールは、めぼしいものが見つからなかった。

三つ目のメールアドレスを開く。

（アマゾンで買物をしてるわ）

圭介が住む家の周囲は畑が広がりショッピングセンターまでは車で小一時間かかる。歩いてゆける距離ではないのでネットでの買物が多くなるのだろうとつぐみは思った。

(これでは行き先の手がかりにはならないわね)

つぐみがウィンドウを閉じかけたとき〝ホテル〟という文字が見えた。灘京子との遣りとりを見たせいか密会現場としてのホテルが頭に浮かぶ。人の秘め事を覗くようで気が引けるが素通りするわけにはいかない。つぐみはメールを開いた。

(これは……)

旅行サイトにホテルの宿泊予約をした返事のメールだった。つぐみは文面を確認する。

――宮城　ロイヤルキャッスルホテル

ビジネスホテルらしき料金設定のホテルに二泊の予約を入れている。

(宮城……)

つぐみは菅原から聞いた荒脛巾神社のことをすぐに思い浮かべた。

(圭介さん、やっぱり宮城に行ってたんだわ)

他のメールも漁《あさ》る。だが手がかりになりそうなものは見つからなかった。

(このホテルに行ってみよう)

つぐみはすぐに菅原に連絡を取った。

＊

井場刑事と松本刑事は皇居を見たあと東京駅に向かって歩きだした。

「阿知波理緒と連絡はまだ取れんのか」

「取れません。着信拒否ですわ」

井場刑事は溜息《ためいき》をついた。

「井場さん。東京まで来たんですからスカイツリーを見て帰りませんか?」

「見るんやったら東京タワーやろ」

スマホの着信音が鳴った。

「ちょっと待ってください」

松本刑事がポケットからスマホを取りだすと耳に当てた。三、四分ほど話すと通話を切る。

「誰や」

「警視庁にいる知りあいです。森田圭介の死ぬ前の足取りが判りました」

「何やと」

「森田の免許証が宮城のレンタカーショップで使われていたんですわ」

「それを調べてくれたんか」

「そうです」

「できる知人やな」

「そうなんです」

「森田圭介は宮城にいたわけか。そこから宮城での宿泊先も割りだせるかもしれへんな」

「ですね」

「行ってみるか。宮城」

「了解です。スカイツリーは帰りに見ますわ」

「東京タワーや」

井場刑事は歩きだした。

*

早乙女静香《しずか》に指定された地下一階にある店に辿《たど》りついた。

（ここか）

菅原はドアを開けた。カウンター席だけの小さな店だ。飛びきりの美人が中程のスツールに坐っている。しなやかな黒髪が肩先まで伸び光沢を放っている。瓜実顔《うりざねがお》にパッチリとしたアーモンド型の眼《め》と高い鼻、形の良い唇がバランス良く配置されている。化粧はしていないようだがその顔は輝いているように感じられる。

（生まれついてのオーラを放っているようだ）

菅原はそう感じた。令和以前……平成どころか昭和を引きずるようなミニのボディコンに身を包んでいるのはどうかと思うが。その女性が菅原に目を遣りグラスを手にしたまま
「菅原さん？」と尋ねてきた。

「はい」

「早乙女よ。坐って」

早乙女静香は自分の手前のスツールを手のひらで示した。菅原は言われるまま隣に腰を下ろす。

「何にします？」

さっそくバーテンダーが菅原に訊いてきた。背が低く堅太りで、ずんぐりむっくりした印象の三十代と思しき男性だ。太い眉にドングリ眼、顔はゴツゴツとしている。

「バーボンを。ロックで」

「かしこまりました」

バーテンダーはすぐに背面の壁からワイルドターキーのボトルを取りだすと蓋を開ける。

「邪馬台国＝東北説の根拠を知りたいんでしょ？」

「そうだ」

「どうしてあたしに？」

「宝井さんに聞いたんだ。早乙女さんが邪馬台国＝東北説に詳しいって」

「そうなんだ。宝井さん、バーで偶然あたしと会って話した事を覚えていたのね」

「そりゃ覚えているだろう。九州説だったあなたが東北説に鞍替《くらが》えしたとあれば」

「鞍替えしたわけじゃないのよ。その可能性も否定できないって思い始めたのよ」

「どうして？」

バーテンダーが会話に聞き耳を立てているような気配がしたが菅原はかまわずに話を続ける。

「これだけ長い間、近畿《きんき》と九州で邪馬台国を探しているのに見つからない。ヒョッとしたら別の場所にあったんじゃないかって思ったのよ」

バーテンダーが笑みを浮かべたような気がした。

（もしかしたらこのバーテンダーは早乙女静香が考えを変えるに至った経緯を知っているのだろうか？　それゆえの笑みか？）

そうも思ったがあえて追及せずに「根拠はあるの？」と静香に問うた。

「もちろんよ」

「聞かせてもらおうか」

「忙しいから手短に話すわよ」

バーテンダーが菅原の前にグラスを置いた。コトリと氷がグラスに当たる音がする。

「邪馬台国がどこにあったのかを示す最大にしてほぼ唯一のテキストが〈魏志倭人伝《ぎしわじんでん》〉だけど」

静香は早速、本題に入った。菅原は急《せ》かされるようにグラスを口に運ぶ。

「〈魏志倭人伝〉の本文通りに邪馬台国の位置を辿ると邪馬台国は太平洋の真ん中になってしまう。つまり〈魏志倭人伝〉に記載された邪馬台国への道のりは方角か距離、どちらかが間違っているのよね」

静香はカクテルを一口飲むと話を続ける。

「でも〈混一疆理歴代国都之図《こんいつきょうりれきだいこくとのず》〉を持ちだして当て嵌《は》めてみると邪馬台国は太平洋上じゃなくて、きちんと日本列島の上に収まるのよ」

〈混一疆理歴代国都之図〉とは十五世紀の朝鮮で作られた地図で日本列島が南北逆に描かれている。古代中国の日本観が投影された結果と見るのが理に適《かな》っている。

「収まるって、どこに？」

「東北に」

静香は〈混一疆理歴代国都之図〉に立脚した〝邪馬台国＝東北説〟を菅原に開陳した。

「なるほど。東北説の根拠はそれか」

「無理な説じゃないわよ」

「早乙女さんみたいな新進気鋭の学者に言われると信じてしまいそうだ。さしずめ君は鬼道を使って人心を操った卑弥呼のようだな」

「卑弥呼も美人だったのかしら」

一瞬〝も〟の意味を考えた。

「だけど鬼道は人を迷わすためにある。真実から目を逸《そ》らすために」

「そんな事ないわ。あなただって邪馬台国＝東北説を聞いたときに〝ヒョッとしたらありうるかも〟って思ったから、あたしに聞きに来たんでしょ？」

菅原は答えない。静香の言葉が的を射ているかどうか検討するかのように。

「森田にも同じ話をしたのか？」

「したわ。あなたのお友達だそうね」

「ああ。森田は何と？」

「あなたよりは素直にあたしの話を聞いてくれたわ」

菅原は静香の答えを聞くとバーボンを飲みほした。

「今日は勉強になった」

「もう帰るの？」

「肝心な部分を聞けたから充分だ」

「せっかちね」

「これで早乙女さんの分も払っておいてくれ」

菅原は一万円札をバーテンダーに渡した。

「あら、ありがとう」

静香の礼に手を挙げて応えると菅原は店を出た。

*

菅原とつぐみは新幹線の座席に並んで坐っていた。

「圭介さんは金印を東北で見つけたんでしょうか？」

「その可能性が出てきた。早乙女さんの話を聞くと邪馬台国＝東北説にまんざら根拠がないわけじゃないからね」

「意外です」

「だが一口に東北といっても途轍《とてつ》もなく広い。森田が宿を取った宮城だけでも広いんだ。森田は金印をどこで見つけたのか」

「宮城って考えていいんですよね？」

「そう思う。でなければ宮城に宿を取らないだろう」

「ですよね」

「そしてその金印はまだその場所にある。森田の自宅になかったのだから」

「それを犯人も探している」

「そうだ」

「あたしたちが先に見つけないと駄目ですね」

「それが我々の至上命令だ。犯人が先に見つけたら犯人は平然と自分の手柄にするだけだろう」

「圭介さんが見つけたことを隠して？」

「そうだ。だから僕らが先に見つけて森田の功績を証明する必要がある」

「がんばります」

「だが君は今からでも帰った方がいい」

「帰る？」

「犯人は金印を奪うために森田を殺している。森田の後を継いで金印を狙う者も命を奪われる危険性がある」

「わかっています。でも危険な目は経験済みです」

「そうだったな」

つぐみは以前に古事記を巡る陰謀に巻きこまれて命を狙われた経験があるのだ。その時も危機に瀕《ひん》したが、かろうじて逃れている。

「だが今回も無事だという保証はない」

「覚悟はできています」

「命をかける覚悟が？」

「はい。あたしには親もいないし」

「大切な人はいるだろう」

つぐみは大学の同級生である鯉沼駿平《こいぬましゅんぺい》の顔を思い浮かべた。

「それでも譲れないものがあります」

「どうしてそこまで」

「真実のためです」

「真実の……」

「だからあたしも行きます」

「勝手にしろ」

菅原が自棄《やけ》気味に言う。二人とも黙った。

「見つかるかな」

しばらくしてつぐみがポツリと言った。

「見つけなければ駄目なんだ」

菅原が応える。

「そして僕と君なら必ず金印に辿りつける」

「菅原さん……」

つぐみのスマホからメッセージの着信を告げる通知音が鳴った。阿知波理緒からだった。

つぐみは文面を確認する。


——ホテルは決まった？

つぐみは返信を打つ。

——決まったよ。宮城ロイヤルキャッスルホテル。


菅原がつぐみのスマホをチラリと見た。

「阿知波さんから」

つぐみが気を回して告げると菅原は小さく頷いて目を瞑《つぶ》った。

＊

阿知波理緒は灘京子に呼びだされて西新宿の高層ビルの喫茶店に来ていた。

「このお店、緊張します」

「喫茶店で緊張してどうすんのよ」

「でも高級そうで」

「心配しないで。わたしが出すから」

「すみません」

二人は注文を終えると話を始めた。

「で、どうなの？　森田つぐみの動向は」

「東北に行くみたいです」

「東北？」

「これ、本当につぐみのためなんですか？」

「もちろんよ。あなたは余計なことを考えないで、わたしの言うことを聞いていればいいの」

「でも……。つぐみにも言えないなんて心苦しくて」

「謝礼よ」

灘京子はバッグから紙包みを取りだして理緒に渡した。

「これ……」

「経費だから遠慮しないで取っといて」

「受けとれません」

「それじゃ、こっちが困るのよ」

灘京子は立ちあがって理緒のバッグを掴んだ。

「あ」

灘京子は理緒のバッグを開けると紙包みを押しこんだ。

「灘さん」

コーヒーが二つと灘京子が勝手に頼んだフルーツパフェが二つ運ばれてきた。

「東北のどこ?」

さっそくパフェを食べながら灘京子が訊く。

「宮城です」

「宿泊先は?」

「ちょっと待ってください」

理緒はスマホを開いた。

「宮城ロイヤルキャッスルホテルです」

灘京子は速いペースでフルーツパフェを食べている。

「日程は？」

フルーツパフェを食べ終えてコーヒーを一口飲むと灘京子が質問を再開する。

「とりあえず二泊するって言ってました」

灘京子はメモを取ると「ありがと」と言って立ちあがった。

「あの」

「また連絡するわ」

コーヒーを一気に飲みほすと灘京子は伝票を持ってレジに向かった。

＊

井場刑事は東北新幹線〈やまびこ〉の自由席に坐っていた。二つ並びの席は取れなかったので隣には見知らぬ中年の男性が坐っている。

「井場さん！」

離れた席に坐る松本刑事が井場刑事の席まで駆けこんできた。

「どないした」

「ちょっと」

松本刑事に促されて二人はデッキに移る。

「目撃者が出たんですよ」

デッキに人がいないことを確認すると松本刑事が言った。

「何の目撃者や」

「森田圭介の殺害現場のです」

「なんやて」

井場刑事は習慣的に周囲に目を遣る。相変わらず人はいない。

「どないな目撃や」

「犯行時刻頃に現場の麓《ふもと》の道に入ってゆく男がいたんです」

「誰や」

「村野悠斗です」

井場刑事の眼に鈍い光が宿った。

「菅原チームの村野か」

「そうです」

「重要な証言やな」

「ですね。一気に村野犯人説が浮上しますわ」

「そやな」

女性の乗客がトラッシュボックスにゴミを捨てに来た。二人の刑事は口を噤む。女性がデッキを離れると、また話に戻る。

「村野の居所は判るか？」

「いま調べます」

松本刑事はスマホを取りだした。

＊

くすんだジャンパーを着た久我天基一郎が東北新幹線〈やまびこ〉の自由席に坐っている。手にはメモ用紙を持っている。人名が羅列《られつ》されていて人名の上に×印が記されている。

菅原陽一
×森田圭介
宝井幸三
森田つぐみ
灘京子

女性乗務員が歩いてきたことに気づくと久我天はメモをしまった。

「車内販売はいつ来る？」

近づいた女性乗務員に尋ねる。

「〈やまびこ〉の車内販売は現在、行っておりません」

「え？」

「今年の三月で終了したんです」

「そうなのか？」

「はい。申し訳ありません」

久我天は舌打ちをしてリクライニングシートをグイッと倒した。

＊

仙台に着いて作戦会議を念入りに行った翌日、菅原《すがわら》とつぐみは仙台駅から東北本線の仙《せん》石《せき》東北ラインに乗って四駅目の国府多賀城《こくふたがじょう》駅で降りた。

「ここから歩いて二十分ほどだろう」

菅原がプリントアウトした地図を見ながら言うとつぐみの返事を聞かずに歩きだした。

「多賀城跡を越えると加瀬沼《かせぬま》に出る。その西側は加瀬沼公園だけど、西側には進まずに東側に進むと荒脛巾《あらはばき》神社がある」

多賀城は大和《やまと》朝廷が蝦夷《えみし》を制圧するために軍事拠点として築いた古代城柵だ。創建は神《じん》亀《き》元年（七二四年）。国の特別史跡に指定されている。

多賀城跡を越え坂道を登りきると大きな通りに出た。

「左に行くと加瀬沼だから、ここを右だ」

菅原は止まらずに歩き続ける。

「荒脛巾神社に行くことを村野《むらの》さんに言わなくていいんですか？」

「いい」

「でも同じチームですよ」

「村野はあくまで雑用係として使っている。重大な案件を任せられるような人材じゃない。森田《もりた》から来た〝金印を見つけた〟というラインだって教えてなかったぐらいだ」

つぐみが小さな溜息《ためいき》をついたとき大きな鳥居が見えた。

「あそこ？　かなり大きな神社だけど」

「あれは陸奥《むつ》總社宮《そうしゃのみや》。荒脛巾神社は、さらにその先だ」

菅原が言うとおり、さらに東に百メートルほど歩くと道の右側に小さな下り坂がありその入口に〝あらはゞき神社〟と記された石柱が建っている。

「そこだ」

菅原が急に足を止めたので、つぐみは菅原にぶつかりそうになり菅原の背中に手をついて止まった。菅原はかまわずにそのまま坂道を下る。つぐみは慌てて菅原の後を追う。下り坂をしばらく行くと左に折れる道がありその先に赤い鳥居が見えた。

「あれですね」

つぐみの言葉に菅原が頷《うなず》く。鳥居の二本の横木の間に荒脛巾神社と記された扁額《へんがく》が収まっている。〝脛巾〟は脛と巾が縦に並べられ一文字として表されている。

二人は鳥居をくぐった。鳥居の先にさらに生垣があり生垣をくぐると小さな社殿が二つ並んでいる。

「あれが本殿？」

「そのようだ」

「小さいですね」

「無人神社のようだ」

「無人？」

「鳥居と本殿などの建物だけあって神主がいない神社のことだ」

「そんな神社があるんですか」

「そこらじゅうにあるよ」

「知らなかった」

「日本人だったらもう少し神社に関心を持った方がいい」

つぐみは何も言えなかった。

「神主が常駐していない無人神社でも神社の由来が書かれた立札のようなものが立てられている場合も多い。小さな神社でも意外と平安時代から続く由緒ある神社だということもあるんだ」

「こんど探してみます」

「問題は今だ」

「はい。神主さんに話を聞こうと思ったのにいなかった。どうします？」

「ここにも由来が書かれた立札がある」

「ホントだ。でも立札には圭介《けいすけ》さんの情報は書かれていませんよ」

「森田もここに来ているはずだ。神主がいないことを知った森田はどう動いたか？」

つぐみは考えを巡らす。

「とりあえず社殿の中を見たんじゃないかしら？　金印があるかどうか」

「だったら我々も見てみよう」

菅原が左の祠《ほこら》に顔を入れるようにして中を確認する。次に右の祠を覗《のぞ》く。

「どうですか？」

「見てみろ」

菅原に促されてつぐみはまず左の社殿に顔を入れる。正面に〝道祖神〟と記された木札がかけられ、その下には多数の草鞋《わらじ》、スニーカー、スリッパなどの供物が置かれ、あるいは柱に括《くく》りつけられている。男根を模した木製の彫りものも数本、目につく。

「金印が置かれている気配はないですね」

「ああ」

次に右の社殿を覗くと正面には〝養蚕《ようさん》神社〟と記された木札がかけられている。こちらは供物は少なくプラスチック製の箱に入れられたハサミが十数本、目立つぐらいだ。

「アラハバキ神は養蚕の神でもあったのかしら？」

「巾の字からの発想だろう」

巾は頭巾《ずきん》の巾で布のことだ。

「もともとこの神社の荒脛巾という漢字も宛字《あてじ》に過ぎない」

つぐみはアラハバキには荒脛巾のほかに荒覇吐《あらはばき》、新波々木《あらはばき》、荒羽々気《あらはばき》などの表記が存在することを思いだした。

「どれも宛字だ。本来の意味は別にあるはずだ」

「本来の意味……」

「いずれにしろ、そっちの社殿にも金印はない」

「そのようですね」

狭い空間だから金印のような宝物があればすぐに判《わか》るだろう。

「あんたたち」

背後から声がして菅原とつぐみは振りむいた。

スーツ姿の男が立っている。年齢は六十歳前後だろうか。大柄な男で臼《うす》のような顔をしている。

「何をしてる。社殿の中に顔を突っこんでいたようだが」

「すみません」

菅原は頭を下げる。

「他意はありません。調べ物をしていて」

「ただ見ていただけなんです。中を荒そうとか、そんな事は考えていません」

男は胡散臭《うさんくさ》そうな目でつぐみを見つめる。

「あんたたち、名前は？」

「菅原と言います」

「そっちは？」

男はつぐみに視線を移す。

「森田です。あなたは？」

男は一瞬ギョッとしたように目を見開いたがすぐに「村松《むらまつ》だ。県の職員だ」と答えた。

「荒脛巾神社の担当者ですか？」

「この地域の担当だ」

「そうでしたか」

「何をしていたんだ？」

「金印を探していました」

「金印？」

「卑弥呼《ひみこ》が魏《ぎ》から下賜《かし》された金印です」

つぐみが説明した。

「不思議だな」

村松と名乗った県職員が呟《つぶや》く。

「この神社に金印を探しに来た人物に出くわすのは三度目だ」

「三度？」

「腰を落ち着けて話を聞こうか」

菅原は頷いた。

＊

村野悠斗《ゆうと》は在来線を乗りつぎ宮城から奈良へ向かっていた。Ｓｕｉｃａを使えば記録に残ると思い切符を買った。
電車に揺られながらコーラを手に取り一口飲む。
（喉《のど》が渇いてしょうがない）
コーラを飲むとメモ用紙に目を遣《や》る。

菅原陽一《よういち》
×森田圭介
宝井幸三《たからいこうぞう》
森田つぐみ
×灘京子《なだきようこ》

メモ用紙から目を離すと村野は険しい顔で窓の景色に視線を移した。

＊

三人は陸奥總社宮まで戻り大きな鳥居をくぐると縁石に腰を下ろした。
荒脛巾神社の管理担当者である村松という男に菅原は自分たちがどうして荒脛巾神社に

金印を探しに来たのかを説明した。菅原が説明し終わっても村松はしばらく何も言わずに鳥居を眺めていた。

「その森田という男だ」

ようやく村松が口を開いた。

「荒脛巾神社に金印を探しに来たのは」

「やっぱり」

ほかに思い当たる人物はいない。

「森田は何と言っていましたか？」

「さあな。金印を探していると言っただけだ」

「神社の中を見せたんですか？」

「見せた。礼儀正しかったのでな」

菅原は小さく頭を下げると「それで神社の中に金印はあったんですか？」と尋ねた。

「なかったよ」

村松はすぐに答えた。

「私も一緒に中を覗いて見たが何もなかった。内部に隠されているようなスペースもない」

「ですね」

荒脛巾神社にも金印はなかった……。菅原の気落ちしている様子が見て取れる。

「もう一人は？」

つぐみが訊《き》いた。

「金印のことを訊かれたのは三度目だと仰《おつしや》いましたよね」

「そうだ。森田さんに訊かれたあと気になって荒脛巾神社の近辺を見回るようになったんだ。そうしたら」

「また訊かれた」

村松は頷く。

「誰《だれ》ですか？」

「女性だった」

「女性？」

「ああ」

「名前は？」

「何ていったかな」

村松はしばらく考える。

「たしか灘といったな」

「灘……」

菅原とつぐみは顔を見合わせた。

「灘京子ですか？」

「下の名前までは判らん」

「歳《とし》は？」

「二十代後半に見えたな。美人だったよ」

「灘京子で間違いない」

菅原の言葉につぐみは頷いた。

「その女性は何と？」

「同じだよ。金印があるかと訊いてきた」

「〝ない〟と答えたんですね？」

「それ以外に答えようがない」

菅原は頷く。

「ただ」

「ただ？」

「他に神社はないかと訊かれたな」

「荒脛巾神社の他にですか？」

「そうだ。この近辺の無人神社だ」

「無人神社……」

「神主のいる神社に金印があったら、とっくに判明してるって考えたのかしら」

つぐみが言うと菅原は「そうかもしれない」と応《こた》えた。

「それで、あるんですか？　ここ以外に無人神社が」

「一つあるが」

「どこですか？」

「加瀬沼の東側の藪《やぶ》の中にある」

「藪の中ですか」

「神社の名前は？」

「名前などない」

「そうですか。そこを灘さんに教えたんですか？」

「教えた。教えると、その女性は帰っていった」

「いつの話ですか？」

「昨日だよ」

「昨日？」

「そうだ。もういいかね？　そろそろ職場に戻る時間だ」

「わかりました」

菅原の返事を聞くと村松は腰をあげ神社を出ていった。

「行ってみましょうか？　加瀬沼の畔《ほとり》の無人神社」

「もちろんだ」

荒脛巾神社から加瀬沼までは徒歩で十分もかからないだろうが加瀬沼自体が広い。東西に細長く周囲長は四キロメートルに及ぶ。〝加瀬沼入口〟と記された立札に従い細い道を右折する。木々に囲まれた石段を下ると沼が見えた。

「大きい沼ですね」

「沼伝いに右に折れよう」

沼伝いと言っても道から沼までは高さが十メートルほどの崖《がけ》となっている。

藪の中の道を右に折れる。

「やっぱり圭介さんも荒脛巾神社に来ていたんですね」

足元を見て歩きながらつぐみが言う。

「ああ」

「でも驚きました。灘さんまで来ていたなんて」

菅原は何事かを考えているかのように上の空の返事を繰り返している。

「何を考えているんですか？」

勘のいいつぐみが尋ねる。

「犯人は灘京子じゃないだろうか」

「え？」

つぐみは顔をあげた。

「森田を殺した犯人」

「どうしてそう思うんですか？」

「動機がある者が灘京子しかいない」

つぐみは菅原の言葉を吟味しているのかなかなか応えようとしない。

「金印を奪うため？」

ようやく訊き返すと菅原は「そうだ」と答えた。

「だとしたら悲しいです」

「だからといって見過ごすわけにはいかない」

「ですね」

つぐみは気持ちを振りきったのか歩く速度を速めて菅原に並んだ。二人はしばらく無言で歩いた。いつの間にか先頭に立っていたつぐみがふいに足を止めた。

「どうした？　神社はもう少し先だと思うが」

「あれ」

つぐみが前方を指さす。人が木の枝からぶら下がっているのが見える。

「これは……」

二人ともよく知っている人物だった。

＊

遺体発見現場に井場《いば》刑事と松本《まつもと》刑事が到着した。遺体は地面に下ろされ地元の警察署である多賀城署の巡査部長が代行検視をしていた。

「奈良県警の井場と申します」

多賀城署の刑事に挨拶《あいさつ》をして事情を説明すると多賀城署の刑事も快く二人を迎えいれギブアンドテイクの協力態勢を確認した。多賀城署の刑事は盛岡《もりおか》署から人事交流の一環で出向になった織原《おりはら》という壮年の男だった。スポーツ刈りで背が高く井場刑事を見下ろす格好になる。

「自殺ですか」

松本刑事が訊くと織原刑事は頷いた。

「遺書がありました」

織原刑事が井場刑事と松本刑事にスマホを提示する。

「スマホの中に？」

地元の刑事は無言で頷く。

「どこや」

「ここです」

織原刑事がスマホを操作して該当画面を井場刑事に見せる。

――森田圭介を殺したのは私です。罪を償うために死んでお詫《わ》びをいたします。

灘京子
松本刑事が覗《のぞ》きこむ。

「覚悟の自殺、ですか」

「そのようですな」

松本刑事の呟きに織原刑事が応える。

「そやろか」

井場刑事が疑問を呈した。

「そうに決まってますでしょう。本人が書いてるんだから」

「スマホの遺書なんぞ、なんぼでも偽装できまっせ」

「そりゃそうでしょうが」

「このご遺体を司法解剖に回してください」

「司法解剖ですか」

事件性が疑われる場合には付近の大学の法医学教室で司法解剖が行われる。

「このホトケはんは別の重要事件の関係者なんですわ」

「聞きました」

「そないなわけで、そのまま火葬するわけにはいきまへんのや」

「殺し、という事ですか」

「可能性はあると思うとります」

「わかりました」

織原刑事が了承すると刑事たちは灘京子の遺体に合掌した。

＊

菅原とつぐみは灘京子の遺体を発見した現場に戻り花を手向け手を合わせた。灘京子の葬儀は実家のある山梨で営まれるらしいが出席するほど親しいわけではないと判断して出向くのは控えたのだ。

「どうして自殺なんか」

つぐみが地面に置かれた花束を見つめながら呟くと菅原が「君は自殺だと思うのか？」と訊いた。

「自殺じゃないと？」

「その可能性も否定できないだろう」

「首吊《くびつ》り自殺に見えるように偽装されて殺された？」

菅原は頷く。

「でも、だとしたら誰が？」

「判らないが……」

「圭介さんを殺した犯人が灘さんかもしれないと思っていたのに」

菅原が眉根《まゆね》を顰《ひそ》める。

「犯人は圭介さんと灘さんの二人の人間を殺したのね」

「灘京子が森田を殺して別の人間が灘京子を殺したのかもしれない」

「どっちにしても怖いわ」

「そうだな」

「灘さん、巨大プロジェクトを担当してましたよね」

「ああ」

「つまり巨額のお金が動く」

二人の男が菅原とつぐみに近づいてきた。

「あんたたち……」

井場刑事と松本刑事だった。

「何の密談や？」

「密談なんて……」

「お二人が遺体発見現場に来たという事は、やはり灘京子の死は殺人と睨《にら》んで？」

菅原が逆に二人の刑事を追及する。

「故人を悼《いた》みに来ただけや」

「でも刑事さんたちは灘さんと個人的な繋がりはない」

「知りあいに変わりはない」

「あなたたちが昨日、灘さんの遺体を発見して地元の警察に通報してくれたそうやね」

「そうです」

「ご苦労やったな」

「市民の義務を果たしたまでです」

その時の様子は地元の警察官たちに話してその話を井場刑事、松本刑事も聞いているはずだ。

「その後からずっと考えているんですが」

「何をや」

「灘京子の死は殺人かもしれないと」

井場刑事と松本刑事が一瞬、視線で遣《や》りとりをする。

「何故《なぜ》そう思う？」

井場刑事に尋ねられて菅原は理由を説明した。

「なるほど。可能性としてはあるかもしれんな」

井場刑事が眼を細めた。

「もう少し話を聞こうやないか」

「僕たちもあなた達に訊きたい事があります」

「あんたたちに訊く権利はない」

「え？」

「あんたたちも容疑者や」

「そんな……」

「灘京子の男女関係を洗ってみたところ」

「男女関係？」

「まずそこは調べる」

菅原は頷くと「それで？」と話を促した。

「浮かんできた男性は三人。一人は森田圭介。もう一人は不倫の関係にある男やがここ二週間ほどカンボジアに出張に行っているから事件とは無関係や」

「あと一人は？」

「菅原先生。あなたですよ」

「僕が？」

「灘京子は森田圭介と懇《ねんご》ろになる前にあなたに言いよったそうですな」

「そんな事まで知ってるんですか」

「蛇《じゃ》の道は蛇《へび》ってやつでしてね」

「いずれにしろ僕には関係ありません。たしかに交際を申しこまれはしましたけど、その場でお断りして、それっきりですから」

「その辺りは追々お聞きしましょうか。それより肝心なのは事件当時のアリバイや」

「アリバイ、ですか」

「そうや。森田圭介が奈良で殺された八月一日の夜。あんたたちはどこにいた？」

菅原とつぐみはそれぞれ考える。

「僕は広島で講演会に出てました」

「なんやと」

「あたしは東京です」

「嘘《うそ》をついてもすぐに判る」

「嘘なんかついてませんよ」

「井場さん。他の関係者の方がアリバイはありませんよ」

松本刑事が割って入った。

「他の関係者？」

「村野悠斗も久我《くが》天基《てんき》一郎《いちろう》も被害者の死亡推定時刻に奈良にいました」

井場刑事が応えられずにいると「井場さん」と声をかけながら地元の刑事が走ってきた。

「どないしました」

「凶器が出ました」

「何の凶器や」

「森田圭介の頭部の傷から付着したと思われる血痕《けっこん》がついた凶器です」

「なんやて」

「どこから出ましたか」

松本刑事が訊く。

「村野悠斗の自宅付近です」

「村野君の？」

菅原とつぐみは顔を見合わせた。

＊

村野悠斗が逮捕された。

村野悠斗の身柄は奈良県の巻向《まきむく》署に送られ取調室で尋問を受けることになった。取調官は井場刑事と松本刑事である。

「僕は何の罪で逮捕されたんですか？」

取調室の椅子《いす》に坐《すわ》ると村野は怒りと不安の入り混ざったような顔で井場刑事に尋ねる。

「森田圭介殺害および灘京子殺害だ」

「二件も？」

村野は伸びあがるようにして訊く。

「二件は多いか？　一件だけなのか？」

「一件もやってませんよ」

村野は軀《からだ》の力を抜いた。

「正直に自供すれば情状酌量の余地も出てくるぞ」

「自供も何も、やってないんですから」

「もともと、お前のことは内偵していた。森田圭介殺害現場で犯行時刻に近い時間、あんたを見たという目撃者が出たんや」

「それは……」

「言い訳できるか？」

「森田さんと僕は同じ研究チームで同じ研究をしています。同じ場所にいてもおかしくないでしょう」

「だが殺された時刻となると話は別だ」

「偶然ですよ」

「ところがやな」

井場刑事は村野に顔を近づける。

「お前の自宅近くから凶器も発見されとるんや。さらにだ」

井場刑事はなおも顔を寄せる。

「灘京子の遺体が発見された付近にあった靴跡がお前さんの靴と一致したんだよ」

村野は顔を歪《ゆが》めた。

「罪を認めるな？」

「弁護士を呼んでください」

「弁護士だと？」

「そうじゃないと一言も話しません」

「ふざけるな」

村野はそれきり一言も喋《しゃべ》らなかった。

＊

菅原とつぐみは再び加瀬沼の東畔《とうはん》にある無人神社を目指して歩いていた。灘京子の遺体を発見したことにより警察から事情聴取を受け本来の目的であった神社探索が中断されていたのだ。

「そこに金印はあるのかしら？　卑弥呼の……親魏倭王《しんぎわおう》の金印は」

卑弥呼が魏国から下賜された親魏倭王の金印。

「わからない」

菅原は歩きながら応える。

「だけどある可能性は高いと思う」

「あたしもそう思う」

二人の意見が一致した。

「〝金印を見つけた〟ってラインをくれたんだから圭介さんが金印を見つけたことは確かだもの」

菅原が頷く。

「そして圭介さんは死ぬ前にこの地を訪れている」

「目的は荒脛巾神社だったが、そこに金印はなかった」

「でも圭介さんは、この地に目をつけていたのよ。圭介さんは、この地に金印があると確信していたに違いないわ」

「そして森田が最後に訪れたのがこの先の無人神社だ」

「灘さんが見つけてもないのよね」

遺体や所持品その他の遺品から金印らしき物は見つかっていない。

「灘さんは金印を見つける前に村野さんに殺されたのね」

「ああ。そして森田と灘京子を殺害した村野は荒脛巾神社の管理担当者である村松さんとは話してないから、この先の無人神社の存在を知らないはずだ」

「つまり村野さんの手にもまだ金印はない。もちろん圭介さんの手にも灘さんの手にも金印はない」

「だとしたら金印はこの先の神社に、まだひっそりと置かれている可能性が高い」

生い茂《しげ》る笹《ささ》や草の量が多くなってきた。

「ちょっと疲れました」

「休もうか」

菅原が傍らの石に腰を下ろす。つぐみも隣に並んで坐る。眼下には沼が横たわる。

「でも驚きました。村野さんが犯人だったなんて」

「本人は否定しているらしい」

「最初は誰でも否定するんじゃないかしら？　でも証拠を突きつけられて観念して自供する」

「証拠はあるようだ」

「だったら自供も近いですよ」

「そうかもしれない。だけど村野は金印を奪っていない。それなのに二人の人間を殺すだろうか？　まだ奪ってもないのに相手を殺すのが腑《ふ》に落ちない」

「それは……」

つぐみは考える。

「金印を独り占めするため、という事になるのかな。村野さんは圭介さんが金印を見つけるのを阻《はば》むために殺したんでしょうし灘さんも同じ理由でしょう。灘さんが先に金印を見つけたら金印はコスモ総合商事のものになっちゃうんだから」

「なるほど」

「あるいは」

つぐみは考えを巡らす。

「すでに場所を聞きだしていたとか」

「場所？」

「金印の在処《ありか》よ。つまり圭介さんは金印の場所を突きとめた。村野さんも灘さんもその場所を圭介さんから聞きだして、あるいはメモなどを盗み見して知った。そして圭介さんが金印を確保する前に村野さんは圭介さんを殺した。そして金印獲得レースのライバルである灘さんをも殺害した。ところが自分が金印を手に入れる前に二人を殺害した容疑で逮捕されてしまった」

「筋は通るな」

「問題はその場所がどこかよ」

「この先の無人神社だ」

菅原は断言した。

「その神社はおそらくアラハバキ神を祀っているだろう」

「確信があるんですか？」

「森田がアラハバキに関心を示したと知ってから僕もいろいろ考え始めた。そして宮城に来てから、さらに考えを巡らせた。そして……」

「そして？」

「森田の考えが判った気がするよ」

「ホントですか？」

「ああ。森田が邪馬台国とアラハバキを結びつけた理由が」

「問題はやっぱりアラハバキ神なんですか？」

「そうだ。森田はずっとアラハバキを追っていた。そこにしか手がかりはない」

「早乙女《さおとめ》さんが邪馬台国が東北にあった可能性について教えてくれたそうですけど荒脛巾神社も東北。圭介さんは邪馬台国も荒脛巾神社も東北で繋《つな》がっているって考えたのかしら」

「そうだろう」

「じゃあやっぱり邪馬台国は東北だったんですか？」

「金印がこの先の無人神社で見つかれば、そういう事になる」

つぐみは唾《つば》を飲みこんだ。

「圭介さんはアラハバキのどこに引っかかったのかしら？　アラハバキは『古事記《こじき》』にも『日本書紀《にほんしょき》』にも記述がないのに」

「まさに、それこそが問題だったんだ」

「え？」

「アラハバキ神は日本全国に点在する神だ。けっして正史が無視できる神じゃない」

「伊勢《いせ》神宮にもありますよね」

「ああ。それなのにどうして『古事記』も『日本書紀』も無視したのか？」

「意図的に無視したと言いたいんですか？」

「その通りだ。そして絶対に無視できないのに『古事記』にも『日本書紀』にも無視された存在がアラハバキ神の他にもう一つだけある」

「それは？」

「邪馬台国だ」

「あ……」

つぐみは虚を突かれたのか口を開けたまま閉じるのを忘れている。

「どうしてその二つの存在を記紀は無視したのか？」

「時の政権にとって都合が悪かったから……」

「そうだ」

「記録を破棄するって昔からあったのね」

「アラハバキ神は客人神《まろうどがみ》とも言われる」

「客人神というのは『古事記』や『日本書紀』で正統と記されている神々に追いだされたといわれる神ですね」

「ああ。元々は正統だったのだが主権争いに敗れて東へ東へと追いやられ蝦夷の神となった」

「それが……アラハバキ？」

「そうだ。そしてそのアラハバキを奉じる人々が東北で独立した国を創ったとしたら……」

「まさか……」

菅原は頷く。

「邪馬台国だ」

つぐみが唾を飲みこむ。

「森田はそう考えた」

「それで早乙女さんに〝邪馬台国＝東北〟説の信憑性《しんぴょうせい》を確かめたんですね」

「早乙女さんは〝邪馬台国＝東北〟もありうると森田の考えを補強した」

「その補強に後押しされて圭介さんは実際に東北の地で金印を見つけてしまった……」

「そういう事になる」

「すごい」

つぐみは思わず足を止めた。

「もうすぐ見られる……。本物の卑弥呼の金印が」

「行こう」

菅原が歩きだすとつぐみも後を追う。

「あった！」

前方から男の声がした。

「何事かしら？」

「聞き覚えのある声だな」

菅原が呟く。

「金印があった！」

再び男の声がする。菅原とつぐみは思わず顔を見合わせた。

「行こう」

菅原はつぐみを顧みずに山道を登り始めた。

＊

鯉沼駿平《こいぬましゅんぺい》が星城《せいじょう》大学キャンパスにある中庭のベンチに坐ってスマホのディスプレイを眺めている。

「鯉沼君」

声をかけられ顔をあげると阿知波理緒《あちはりお》が近づいてくるのが見えた。

「阿知波さん、やっと会えた」

「ごめん、忙しくて」

理緒は鯉沼駿平の隣に坐る。

「用って何？」

「灘さんが亡くなっただろ？」

理緒が駿平の顔を見た。

「灘さんを知ってるの？」

「森田さんから聞いてたから」

「そう。つぐみから聞いてたんだ」

「うん。でも灘さんが亡くなってから森田さんとも連絡が取れないんだよ」

理緒の顔が一瞬、強《こわ》ばる。

「森田さんと連絡はつく？」

理緒は強ばった顔のまま頷いた。

「どこ？　教えてくれ」

「宮城よ」

「宮城……。どうして、そんなところに」

「森田圭介さんの死の真相を探るためよ」

「そうか」

つぐみが森田圭介の死の真相を探っていることは駿平も理緒から聞いて知っている。

「菅原さんと一緒に宮城に行ったわ」

「菅原さんと？」

今度は駿平の顔が強ばる。

「誤解しないで。二人とも森田圭介さんの死の真相と金印を探してるだけなんだから」

「わかってるよ」

駿平は顔を伏せて応える。

「金印って卑弥呼が魏国から贈られた親魏倭王の金印だろ？」

「そうよ。親魏倭王の四文字が刻まれた金印。それが見つかれば、その場所が邪馬台国の所在地だったって事になるのよ」

「宮城のどこにあるんだろう？」

「判らないけど……。つぐみの宿泊先は宮城のロイヤルキャッスルホテルよ」

「ありがとう」

駿平は手帳を出してメモを取る。

「助かったよ。さすが森田さんの親友。詳しいね」

「灘さんに頼まれて、つぐみの動向を探っていたの」

「え？」

「悪かったわ」

「どうしてそんな事を……」

「それがつぐみを守ることになるって言われたのよ」

「森田さんを守る？」

「つぐみは危険なことをしているから動向が判ればコスモ総合商事の力で守るって」

「そうか。危険なことか……。現に灘さんは死んでしまったもんな。つぐみも灘さんも危険な渦中に飛びこんでしまったことは確かなんだよな」

「灘さんから頼まれて森田圭介さんの口座に振込みもした」

「振込み？」

「つぐみのために必要だって言われたのよ。でも」

理緒の顔が曇る。

「今から思うと嵌《は》められたような気がする」

「嵌められた？」

「そう。つぐみを守るなんて言いながら実際は、ただ、つぐみの動向を知って金印の在処を探りたかっただけなんじゃないかって」

駿平は理緒の言葉を吟味する。

「たとえそうだとしても結果的に森田さんを守ることになっていたんじゃないかな」

「え？」

「つねにコスモ総合商事の眼が森田さんに向いていたわけだから」

「そうならば少しは救われるわ」

駿平はメモ帳をしまうと「阿知波さんはどうして灘さんのことを知ってるの？」と訊いた。

「灘さんは大学の先輩よ」

「え、そうなの？」

理緒は頷いた。

「わたしはコスモ総合商事に入りたくて灘さんに相談してたの」

「知らなかったな」

「実はわたしと灘さんは高校も一緒なの。だから前から知ってたのよ」

駿平は納得した。

「でもそれが甘さを生んだのかな。灘さんからはつぐみだけじゃなくて久我天という人のことも探るように言われたのよ」

「誰だよ、それ」

「最初は森田圭介さんを殺害した容疑者だった人よ」

「ええ？」

「それで久我天さんのアパートに探りに行ったり」

「危ないじゃないか」

「すべて、つぐみのためだと思いこんでいて」

「いくら友だちのためでも危険なことはしちゃ駄目だ」

「鯉沼君は？」

「え？」

「つぐみのために何かしたいと思ってるんでしょ？」

「もちろんだよ。だけど幸い、犯人が捕まった。もう僕の出番はないよ」

「そうかしら」

チャイムが鳴った。

「行かなくちゃ」

理緒は立ちあがり教室に向かった。

*

菅原とつぐみは息を切らせて藪の中の道を進んだ。

大柄な男の背中が見えた。

「あれは……」

男が振りむいた。

「宝井さん……」

男は古代史研究者の宝井幸三だった。

「どうしてここに……」

「見つけたよ」

宝井の顔は上気している。

「ついに私が金印を見つけたんだよ」

「宝井さんが、金印を……」

「見てくれ」

宝井が右手を突きだした。そこには金色に光る小さな四角い印判のようなものが摘《つま》まれている。

「文字が刻まれているだろう」

菅原は頷く。

「読んでみてくれ」

菅原は宝井の右手に顔を近づけた。印判状の物体の裏面に四つの文字が刻まれているのが見て取れる。菅原は目を凝らす。

「これは……」

反転文字だが〝親魏倭王〟と読みとれた。

＊

菅原とつぐみは東京都八王子《はちおうじ》市にある児童養護施設〈ライフポート〉の応接室のソファに並んで坐りテレビ中継を観《み》ている。卑弥呼の金印を発見した宝井幸三の記者会見である。宝井幸三が発見したことの証明者は菅原とつぐみの二人だった。

菅原とつぐみの隣のソファには内野《うちの》夫妻が坐っている。

──まずお聞きしたいのは金印をどこで発見したのかという事です。

記者の質問に宝井は大きく頷く。

──宮城県の無人神社の神殿の中です。

──神社ですか。

──そうです。そこに神宝としてしまわれていました。おそらくどこかの時代で金印を見つけた人物が、その本当の価値を知らずに輝く金でできている印章だという事で神社に納めたのでしょう。

――それが宝として保管されたと？

――そういう事です。

――その金印が本物であることを確かめるために専門家に鑑定を依頼しているんですか？

記者の一人が質問する。

――私が専門家です。

宝井幸三が笑顔を見せると記者が「なるほど」と応え会場に笑いが生じた。

――この発見は日本にとって、どのような意味を持ちますか？

宝井は笑みを引っこめ真顔になる。

——日本にとって、かつてないほどの重要な意味を持ちます。

記者たちの顔も引きしまる。

——高度成長期の活力を失って自信をなくしているかのように思える日本がアイデンティティを取り戻すために極めて重大な意味を持っていると確信します。

期せずして記者の間から拍手が湧《わ》きおこった。記者たちも日本国にとって極めて重大な発見だという宝井の主張を理解し興奮しているようだ。

「本当に宝井さんが金印を発見したんですね」

テレビで会見を観ている内野実枝子《みえこ》が呟く。

——金印を見せていただけますか?

——これです。

宝井はテーブルの下から小さな箱を取りだした。フタを開けて中の物体を取りだす。宝井の手には小さな印判状のものが摘まれている。

――それが金印ですか？

――これはレプリカです。

――レプリカ……。

――本物をスキャンして3Dプリンターで作成しました。サイズ、形は本物と変わりません。

――材質は？

――粘土です。それに金の着色を施しています。見かけは私が発見した本物の金印とまったく変わりません。

カメラがアップでレプリカを捉《とら》える。

――宝井さんは、どのような経緯で金印を発見するに至ったのでしょうか？

――アラハバキに着目したんです。

――アラハバキというのは？

宝井が説明する。

——その過程でアラハバキと邪馬台国に共通点があることに気がついたんです。

宝井の推測は菅原が推測した過程をそのままなぞっていた。

「宝井さんもアラハバキに着目していたんですね。それで圭介さんと偶然、同じルートを辿ることになった」

つぐみの言葉に菅原は応えない。

「すべては解決したのね。圭介さんと灘さんを殺害した村野さんは逮捕されて金印は宝井さんが発見した」

菅原の顔が険しくなっている。

「菅原さん？」

「森田は罠を仕掛けている」

「え？」

「森田は用心深い男だ。いくら森田の足跡を追ったとしても簡単に見つかるような場所に導くだろうか？」

「宝井さんは圭介さんとは別ルートで金印を見つけたんじゃ？」

「森田が見つけたんだ」

「あたし宛《あて》のメッセージにはそう書かれていました」

「だったら森田はなぜその時に保管しない？」

「それは……」

「宝井さんが見つけた金印はフェイクの可能性がある」

「フェイク？」

「つまり森田が作ったレプリカだ」

「偽物だっていうんですか？」

菅原は頷く。

「そんな……」

テレビでは宝井の会見が続いている。

——摘みの部分に何か文様が見られますね。

——これは指紋でしょうね。金印を創った太古の職人の指紋がついたのではないでしょうか。

——ある意味、貴重ですね。

スマホの着信音が鳴った。菅原が鞄《かばん》の中から自分のスマホを取りだす。

「久我天からメッセージだ」

「久我天さん?」

「ああ」

「何て?」

「八幡平《はちまんたい》へ来いと」

「八幡平?」

「そうだ」

「どうしてですか?」

「そこですべてを話すと」

「すべてって……」

「一連の事件の本当の姿。それを久我天は知っているそうだ」

テレビには記者会見を続ける宝井の笑顔が映っていた。

*

つぐみは新幹線の中で無言だった。

菅原とつぐみは新幹線の二人がけの席に並んで坐り再び北へ向かっている。

（久我天さんは何を見つけたのだろう？）

つぐみの頭脳は高速で回転を始めていた。

（どうして宝井さんは金印を見つける事ができたんだろう？）

鍵穴《かぎあな》に差しこんだ鍵が内筒のタンブラー群を一つずつ押しあげて内部で高さを揃《そろ》えてゆくようにつぐみの頭の内部で何かが形を現しつつある。

「八幡平に行くのは初めてか？」

「初めてです。菅原さんは？」

「二、三度は来ている」

八幡平は岩手県と秋田県に跨《また》がる高原台地だ。約四十の火山が連なり火山活動によって形成された多くの湖沼や湿原が点在する。頂上の標高は一六一三メートル。高山植物も豊富で日本百名山の一つに数えられる、れっきとした山でもある。

駅前のレンタカーショップで菅原がトヨタのランドクルーザーを借りる。つぐみは菅原が手続きをしている間、スマホで電話をかけていた。手続きが終わると菅原の運転で二人は八幡平に向かう。

八幡平アスピーテラインをしばらく走ると山道に入る。果てしなく続くと思われた坂を登りきると八幡平国立公園と大書された横断幕を掲げた山頂レストハウスに着いた。駐車場にランドクルーザーを停《と》めると二人は車を降りた。周囲には樹海が広がっている。

「頂上までは三十分ほど歩く」

「そこに久我天さんがいるんですね?」

「そうだ」

「行きましょう」

二人は登山口から登り始める。さほど急な登り道ではない。石畳の歩道の両側には低木が生い茂り草花も豊かだ。水溜まりも散見される。

「大きな沼があるわ」

つぐみが歩道の右側を見下ろして言う。

「八幡沼だ」

さらに登ると頂上を示す標識が建っているのが見えた。その脇《わき》に眺望用のデッキがありその回りにはベンチがある。そのベンチの脇に久我天基一郎が立っていた。

「よく来たな」

菅原とつぐみの姿を認めると久我天がすぐに声をかけてきた。

「あなたとは連絡がつかないと思っていた」

「他人からは連絡されたくない。誰かに会う必要があるときはこっちから連絡を入れる」

「居場所がなかなか摑めないのもそのためですか」

「自分の居場所を一々他人に教える必要がどこにある? 警察にだって教えていない」

久我天は不機嫌そうな顔で応える。

「その女は？」

久我天がつぐみを見据える。

「私の助手だ」

菅原の答えを聞くと久我天は鼻で笑った。

「どうしてここに呼びだした？」

菅原が久我天に向かって尋ねる。

「ここがアラハバキ王国だからだよ」

「ここがアラハバキ王国？」

「そうだ」

「ここは八幡平ですよ」

つぐみが言った。

「八幡平の字をよく見てみろ」

「字、ですか？」

「そうだ。八幡平の八幡はハバと読めるだろう」

つぐみは頭の中で久我天の言葉を確認する。

「それがアラハバキのハバだ」

「アラは？」

菅原が訊く。

「荒脛巾の荒と同じだ。北の地で権勢を誇った荒々しい国の意だ」

「キは？」

「荒々しいものといえば鬼だろう」

「鬼……」

「卑弥呼は鬼道を使って人心を掌握したことを忘れたか」

つぐみの頭の中に〝荒八幡鬼〟という文字が浮かんだ。

「つまり荒々しい八幡平の鬼――アラハバキは卑弥呼のことだ」

「アラハバキが卑弥呼……」

「アラハバキ王国とは、すなわち卑弥呼の王国なのだよ」

アラハバキ王国の場所は八幡平。そこに卑弥呼の鬼道を符合させれば邪馬台国も八幡平だったことになる。

「アラハバキ王国＝邪馬台国は東北の雄だった。だから東北の地に荒脛巾神社があり、そこから全国にアラハバキ神への信仰が波及していった」

アラハバキ神が卑弥呼なら日本全国に名を馳《は》せても不思議はない。

「それを告げるために呼びだしたのか？」

「いや」

久我天の顔に歪んだ笑みが浮かんだ。

「言っただろう。すべてが判ったと」

「いったい何が判ったと言うんだ？」

「すべては宝井の策略だったのだよ」

「宝井さんの？」

「そうだ」

「どういう事ですか」

「君も私も宝井に踊らされていたのだ」

久我天が苦々しげに言う。

「森田を殺したのは宝井なんだよ」

「なんだって？」

「もちろん灘京子という女を殺したのも宝井だ」

「まさか」

「本当だ」

「証拠はあるのか？」

「証拠はない。だが理論的に考えれば、それしか解はない」

「理論的にとは？」

「森田も灘という女もみんな金印を探して奔走していた。だが結局、金印を見つけたのは？」

「宝井さん……」

つぐみが呟いた。

「そういう事だ」

菅原は呆然《ぼうぜん》とした面持ちで久我天を見ている。

「警察に言うんですか？」

つぐみが訊く。

「言っても仕方がないだろう。証拠がないんだ」

「じゃあどうして菅原さんに言ったんですか？」

「宝井包囲網だ。真実を知る人間は多ければ多いほどいい。ただし日本史畑の人間に限る」

「あなたの興味は殺人の犯人よりも誰が金印を見つけたかですか」

「興味など人それぞれだ」

そう言うと久我天は山を下りていった。山上には菅原とつぐみの二人が残された。

「驚いた話だな」

菅原が口を開く。

「まさか宝井さんが犯人だなんて」

つぐみは応えない。

「だが久我天の言う通り解はそれしかない」

「警察には言うの？」

つぐみが菅原に訊く。

「言わざるをえないだろう」

「言わなくてもいいわ」

「え？」

「解はもう一つあるもの」

「解がもう一つある？」

「そうよ」

「という事は……」

菅原が右手を軽く握って顎《あご》に当てた。

「やっぱり警察が考えたように村野が犯人で金印は宝井さんが見つけたものが本物だということか？」

「いいえ」

つぐみは静かに首を左右に振った。その顔には愁いの色が浮かんでいる。

「だったら、いったい……」

「ずっと変だと思ってたんです」

「何が？」

「金印が見つかってないのに圭介さんが殺されたこと」

「それは君が理由を見つけたじゃないか。金印の場所は判ったから森田を殺したって」

「それが腑に落ちなくて。たしかに自分が言いだした理由だけど殺すんだったら確実に金印を手に入れるだろうなって」

「本当は金印を手に入れなくても森田を殺す理由があるみたいな言いかただな」

「あるんです」

つぐみは断言した。

「どんな理由が？」

「金印が宮城で見つかってもらいたくなかった……。それが理由だと思います」

「という事は樺太《からふと》説に人生を賭《か》けていた久我天が犯人か？」

「いいえ」

つぐみはゆっくりと首を横に振った。

「近畿《きんき》説に人生を賭けていた人が犯人です」

「そんな人は大勢いるだろう。学者はまず近畿説か九州説だ」

「その中でも、その名声のすべてが近畿説に立脚している人」

「誰のことを言ってるんだ？」

「あなたです」

「僕？」

「圭介さんを殺したのは菅原さん、あなたですね？」

菅原の目が大きく見開いた。

「何を馬鹿な」

「金印が東北の地で見つかる事をあなたは恐れていた」

「恐れてなんかないよ」

菅原は笑いだしそうな顔で応える。

「どこで見つかろうと関係ない。僕は金印を見たいだけなんだ」

「そうかしら」

つぐみは落ちついている。

「菅原さんの名声のすべては邪馬台国＝近畿説に立脚しています。少なくとも、あなたはそう思いこんでいる」

「そんな事はない。実際の邪馬台国がどこであろうと僕の研究の成果は崩れはしない」

「菅原さんと知りあったとき菅原さんの事を丁寧に調べました」

「身辺調査か？」

「その研究を」

「それで？」

「あなたは先人の研究をまとめる力は優れているけれど自分独自の見解に限界がある」

「酷《ひど》い言いようだな」

菅原は苦笑した。

「そのことを誰よりも知っていたあなたは独創性のある圭介さんを呼んだ。圭介さんを利用しようとしたんです」

「友人を利用すると思われるとは僕も見くびられたものだ」

「元々あなたにとって圭介さんはその程度の知りあいでしかなかった。だから殺せたんです」

「君じゃなければ名誉毀損《めいよきそん》で訴えるところだ」

「事実を言ってるのだから名誉毀損にはなりません」

「まいったな」

菅原は顔を左右に振った。

「人を殺すときの理由……動機って、だいたい三つだって聞いたことがあるんです」

「知ってるよ。怨恨《えんこん》、金、女、だろうな」

「そうです。でも圭介さんに限って怨恨は考えられない」

「同意見だ。人は見かけによらないとも言うが森田はそもそも人づきあいのない男だから殺意を抱くほど恨まれるとは考えにくい」

「金銭理由も考えられないんです」

「たしかに森田は金は持っていなかったが……。最近、口座に二千万円が振りこまれて、すぐに引きだされたと聞いたが？」

「犯人が圭介さんを殺してお金を引きだしたとは考えられません。お金が引きだされた後も圭介さんは生きていますから」

「なるほど」

「同じ理由で犯人がお金を引きだした後に圭介さんを殺したという事もないでしょう」

「そうだな。もしそうなら森田が警察に通報しているはずだ」

　つぐみが頷く。

「だが女は？　森田は灘京子とつきあっていた」

「その灘さんも殺されました。灘さんを殺した犯人が存在します」

「灘京子を殺した犯人……」

「その犯人が圭介さんも殺したんです。灘さんを殺した犯人の動機が男女の縺《もつ》れならば殺した犯人は圭介さんのはずです。圭介さん以外の男性関係は警察が調べて犯人らしき人物はいないと結論づけていますから」

菅原は井場刑事が言っていた言葉を思いだした。

――浮かんできた男性は三人。一人は森田圭介。もう一人は不倫の関係にある男やがここ二週間ほどカンボジアに出張に行っているから事件とは無関係や。

つぐみは話を続ける。

「でも圭介さんはもう死んでいるのですから圭介さんが犯人ではありえない。つまり動機は男女の縺れ以外のところにある。圭介さんが殺された現状を鑑《かんが》みれば圭介さんを殺した犯人が灘さんをも殺したんです」

「なぜ？」

「犯人にとって都合が悪かったからでしょう」

「都合が悪かったとは？」

「真相を嗅《か》ぎつけられたんじゃないかしら？」

「そんな事があるかな？　警察も摑んでいない真相を一般人に過ぎない灘京子が嗅ぎつけるとは」

「灘さんは警察よりも深く圭介さんと密着していました。真相に気づく可能性はあると思います。それに灘さんは〝本当の目的は金印〟だとも言っていた。加えて灘さんは目的のためには手段を選ばない人」

「それが？」

「灘さんが圭介さんの持物に盗聴器を忍ばせたとしても不思議じゃない」

灘京子は金印を手に入れるためには何だってやると言っていた。

——男女の関係になるだけでそれだけのことが可能だったらやるわ。何だってやるわ。盗聴器だって仕掛ける。

菅原は頷く。

「その盗聴器によってあなたの犯行を知った灘さんはどうしたか？」

「どうしたと思うんだ？」

「灘さんのことだから、そのことを材料にして金印を自分に譲るようにあなたに提案した。そして……。犯行を知られたことを知ったあなたは危険人物である灘さんをも殺害した」

「灘京子は遺書を残していた」

「スマホに残した遺書なんて、どうにでも細工できるわ」

「たしかに」

「灘さんの死亡推定時刻は八月十五日の夜八時ごろ。犯行現場は宮城の山中。あなたも宮城にいた」

「君も一緒だった」

「夜は別行動よ」

菅原は頷く。

「あなたは灘さんと接触して灘さんを絞殺した。そして首吊り自殺に偽装した。その遺体を発見させるために、あたしを藪に誘導した。本当は金印なんて藪の神社になかったのよ」

「金印はなかった、か」

「あなたは、あるとは思っていなかったはずよ。あるように思わせたのは灘さんの遺体を発見させるためだもの」

風が強くなりつぐみの髪を靡かせる。

「灘さんが殺された理由は真相を知られたから。その真相とはあなたが圭介さんを殺したこと」

「森田を殺した動機は?」

「犯人が圭介さんを殺した動機として怨恨、金、女性の線は消えました」

「犯人は金印を近畿以外の場所で見つけられたら困るという動機で森田を殺したというのか？」

「そうです。ラインのメッセージからもそれは窺《うかが》えます」

「ラインのメッセージから？」

「〝金印を見つけた〟です」

「あのメッセージから何が窺えるんだ？」

「圭介さんはそのメッセージの後に殺されています。つまりそのメッセージが絡んだことが動機に関係あると推測されるんです」

「そうとは限らないだろう」

「でも、あたしにまで送ったことが不思議です」

「娘だからだろう」

「娘と言っても一緒に暮らした記憶もありません。第一あたしは邪馬台国の研究者じゃありません」

「だったらどうして送ったのか……。たしかに疑問だな」

「共同研究者だった村野さんにも送ってないのに」

「村野は信用がなかった」

「圭介さんは何か危険を感じていたのだと思います」

「危険？」

「ええ。だから村野さんへの報告をためらい、あたしには報告した」

「どうして危険を感じていたら君に報告するんだ？」

「信頼されていたからだと思います。真実を見抜く力を」

「大した自信だな」

「親代わりの人が殺されたんです。遠慮している場合じゃありませんから」

「ハッキリしてるな。嫌いじゃない」

「圭介さんはあなたを疑っていたんです。だからあなた以外の人間にも知らせておきたかった。もし自分に何かあったら〝金印を見つけた〟というメッセージに関係していると」

「だからそのメッセージか」

「そうです」

「だが君は肝心なことを忘れている」

「肝心なこと？」

「僕が中心になって森田を殺害した犯人を追っていたことだよ」

「忘れてはいません」

「だったら判るだろう。犯人ならそんな事をするわけがない」

「犯人だからこそ、そうせざるを得なかったんです」

菅原の視線が強くなる。

「聞こうか」

「犯人は、どうしても自分を捜査圏外に置く必要があった。なぜなら」

「なぜなら？」

「疑われる立場だったから」

　つぐみの視線も強まる。

「圭介さんと行動を共にすることが多かったあなたは犯行の機会という点ではまず警察の目が向く存在です。捜査の目が向いたら耐えきれる自信がなかったあなたは自分を捜査の圏外に置く必要に駆られたんです」

「その挙げ句の行動が功を奏するとは限らない」

「でも、やらなければ危険は高まるばかりです」

「犯人は森田が事故だと思わせるような細工をしている。自分を捜査圏外に置く必要もないだろう」

「それこそ事故の細工が功を奏するとは限りません。その時のためにも自分を捜査圏外だと思わせる心理的バリアが必要だったんです。だからあなたは自分に脅迫状まで送って自分を容疑から外す工夫をした」

　研究室の菅原のデスクに新聞の文字を切り抜いて貼《は》った脅迫状が置かれていた事があっ

た。

「危険の方が大きい賭けに思えるな」

「その賭けをするだけの価値はあった。賭けをする理由がもう一つあったから」

「もう一つ？」

つぐみは頷く。

「何だい？　それは」

「人より早く金印を見つけるため」

「え？」

「圭介さんを殺しても他の誰かが金印を近畿以外の場所で見つけてしまったら、あなたの地位名声は失われる。それを恐れたあなたは誰よりも早く金印を見つけて偽装しなければならなかった。近畿で見つけたように」

「そんな事ができるわけがないだろう」

「過去には、やった人がいましたよね？」

一九八〇年代に起きた遺跡捏造《ねつぞう》事件。

「その人物は二十年に亘《わた》って捏造の遺跡発掘を繰り返して、その間、世間も学者も誰一人として見抜けなかった。嘘の発掘は真実として教科書に載り続けたんです」

「考古学界の権威たちが認めたから嘘がなかなか露見《バレ》なかったんだ」

「そうです。そして現在の日本で考古学界の最大の権威は菅原さん、あなたです」

菅原は肯定も否定もしなかった。

「あなたが金印を巻向で見つければ、それは教科書に載るでしょう。そしてあなたはそれをやるしかなかった。そこまで追いつめられていたから」

「金印を見つけるために森田殺しの真犯人を追う振りをしていたと？」

「そうすれば別の犯人を捏造する機会も生まれます。あなたにとって、ありあまるメリットがある方法です。そしてやらなければ危険が増大するばかり。あなたはやるしかなかった」

「理屈は通る。だが君は肝心な点を忘れている」

つぐみは小首を傾《かし》げた。

「森田が奈良の巻向で亡くなった八月一日の夜八時三十分頃、僕は広島にいた。犯行は不可能だ」

「可能です」

菅原の眉《まゆ》がピクリと動く。

「その時に圭介さんが広島にいたのなら可能です」

菅原は応えない。

「菅原さんと圭介さんは共同研究者になったんだから一緒にいても不思議じゃないわ。圭介さんが殺されたときも広島で一緒にいた。広島で行われたシンポジウムが夜の七時五〇分頃に終わる。その後で圭介さんを殺害すればちょうど死亡推定時刻の夜の八時三〇分頃になります」

「遺体が発見されたのは奈良県だ」

「発見された時刻は翌日の朝です。夜の間に車で運んで遺体を崖から落とした。充分に間に合いますよね」

ヒバリの鳴き声が聞こえる。

「時間的には間に合うが」

「あなたが自分を捜査圏外に置くためのアリバイは崩れました」

ヒバリを見るかのように菅原は顔を上に向けた。

「おかしいと思ったんです。いつもなら取材先、フィールドワーク先には必ず車で行く圭介さんが遺体発見現場の崖には車を使わないで行っている。それは広島で死体になった圭介さんが、あなたの車で運ばれたからなんですね」

「僕が運んだとは限らないだろう」

「圭介さんの周りにいる人で自分の車が運転できたのはあなただけです」

「そうなのか？」

「ええ。灘さんは関西には新幹線で来ているはずです」

つぐみと二人でコスモ総合商事を訪ねたときに灘京子は出張はすべて新幹線を使うと小耳に挟んだことを菅原は思いだした。

「レンタカーは記録に残るから使わないでしょう。使っていたら警察が突きとめています」

「村野は……免許を持っていないな」

つぐみが頷く。

「仮に僕と森田が一緒にあの場所にいたとして森田が落下したのは事故だった可能性は考えないのか？」

「事故だったら、あなたは救急車か警察に連絡しているはずです」

菅原はしばらく考えてから「そうだな」と言った。

「君の頭脳は森田が信頼しただけの事はある。だが証拠がない」

「あたしの推理が合っているなら菅原さんの車の中には必ず圭介さんの遺体の痕跡《こんせき》が残っているはずです」

菅原は表情を変えない。

「今まであなたは捜査圏外でしたけど警察が調べ始めれば証拠は出るでしょう」

「そうか」

「あなたは自分に捜査の手が回らないように様々な細工をしました」

「たとえば?」

「村野さんの自宅近くに凶器を置いて捜査の目が村野さんに向くようにした」

「現に警察は村野を逮捕した」

「あなたに誘導されたからです」

菅原が息を吐いた。

「違ってますか?」

「違ってはいない」

つぐみが唾を飲みこんだ。

「すべて君の推測通りだ」

つぐみが頷く。

「だが」

菅原が一歩つぐみに近づいた。つぐみは後ずさる。つぐみの背後には崖があり、その下には八幡沼が広がっている。

「その事実が公表される事はない」

菅原がさらにつぐみに近づく。

「あたしも殺す気ですか?」

「そうだ」

「これ以上、罪を重ねないでください」

「そういうわけにはいかないんだ。洞察力《どうさつりょく》の高い君なら判るだろう？」

「そうですね。こうなることも読んでいましたし」

「なに？」

菅原の顔に僅《わず》かに動揺の色が見えた。

「それなのに、ひと気のないこんな山奥までノコノコとついてきたのか？」

「対策は取っています」

菅原の目が泳いだ。

「菅原陽一！」

野太い男性の声がした。菅原が振りむくと井場刑事と松本刑事が息を切らせて登ってくるのが見える。

「すべて聞いていたぞ」

つぐみがスマホの録音機能のスイッチを切った。

「署で話を聞かせてもらおうか」

「そういう事か」

菅原はつぐみに向き直った。

「レンタカーショップで僕が手続きをしている間に君がかけていた電話の相手は警察だっ

たのか」

「はい」

「やっぱり君は優秀だ」

「森田さん！」

若い男性の声が飛んだ。振りむくと鯉沼駿平が走ってくるのが見える。

「鯉沼君」

「よかった。会えて」

「どうしてここに？」

「阿知波さんに宮城に来ていることを聞いて」

つぐみのいるところまで来ると駿平は両膝《りょうひざ》に手をついて肩で息をする。

「後は久我天さんに聞いたんだ」

「久我天さんに？」

「関係者に片っ端から森田さんの行方を訊いて。それで……」

「鯉沼君……」

「手錠はいるか？」

井場刑事が菅原に訊くと菅原は首を左右に振った。

「ほな行こか」

井場刑事に促された菅原が二人の刑事に向かって歩きだしたが、つぐみの脇に来て歩を止めた。

「今日でお別れだな」

つぐみは返事をしなかった。

＊

半年後――。

つぐみと鯉沼駿平は再び八幡平に登っていた。

事件はすべて解決した。

菅原陽一は森田圭介と灘京子の二人を殺害した罪で逮捕された。

菅原陽一の自家用車であるソアラが犯行日の夜、広島から奈良県巻向に向かう様子がオービスに捉《とら》えられていた。またソアラの内部からは森田圭介の血痕《けっこん》も採取されそれが決定的な証拠となった。

さらに灘京子の指と爪の間から採取した肉片をＤＮＡ鑑定したところ菅原のものと一致した。

久我天が推測した〝宝井幸三が犯人〟という説は久我天の思い違いだった。だが宝井幸三は自分が金印を見つけるのだという強い願望を持ち続けたあまりにライバルになりそうな菅原チームの一人である村野悠斗の目撃情報を警察に通報したりもしていた。森田圭介が殺された日、村野が巻向に行くことを知った上での当て推量の通報だった。

森田圭介および灘京子殺害の罪で逮捕されていた村野悠斗は釈放された。村野悠斗は久我天と組んでライバルたちを出しぬき金印を手に入れようと企んではいた。だから金印の在処だと目星をつけたところを探し回っていたので灘京子の殺害現場にも足跡を残していた。灘京子の遺体を見つけた村野は自分が殺したと疑われることを恐れてその場から逃げだし急いで奈良に帰ったのだ。久我天も村野と会う日にカレンダーに村野を表すMの文字を書きこむほどのつきあいではあったが村野は法律を犯すような事はしていなかった。単に金印の在処を察知しそうな人物のリストを作り久我天と共有していたに過ぎない。不幸にもリストの中の二人が命を失《な》くし×印をつけられてしまったが。

また宝井が発見した金印は森田圭介が作成したレプリカだったことが証明された。さらに森田圭介は自宅裏の小屋の中で金印のレプリカをもう一つ作成する予定だったことも判明した。

「圭介さんは、どうして金印のレプリカを造ったんだろう?」

駿平が歩きながら言う。

「わからないわ」

森田圭介の口座に阿知波理緒を通じて入金されていた二千万円はコスモ総合商事からのものだった。実質的な賄賂《わいろ》である。圭介はその金を灘京子に返すために下ろして実際に返していた。

また圭介は菅原と一緒に仕事をするようになってから邪馬台国は東北にあるのではないかと思い始めた。そして早乙女静香《しずか》からの教示などもあり金印は東北で見つかるという考えに徐々に確信を持ち始めた。そのことを菅原に告げてから菅原の態度の変化に気がついた。菅原は金印が近畿以外の場所で見つかることを恐れている……いや許さないと。圭介は古くからの友人である八王子の児童養護施設〈ライフポート〉園長である内野旭に〝自分に何かあったら菅原を調べてみてくれ〟と言い残していたのだ。つぐみが菅原と森田圭介遺体発見現場の祠を見に行って落石にあったときに内野の顔を見かけたのは内野が菅原を内偵していたからだった。菅原が森田圭介の転落を装うために行き来したことで地面が緩んだのか偶然にも石が落下した。それを反射的に防ごうとして手を伸ばした内野の顔が見えたのだ。だが、そのことを内野は菅原に気づかれないようにつぐみに告げる事はできなかった。結果的には圭介の危惧《きぐ》が当たっていたのだ。

「圭介さんが森田さんに送った〝金印を見つけた〟ってメッセージは嘘だったのかな」

宝井が見つけたと思いこんでいた金印は本物ではなかった。金印の蛇鈕《だちゅう》（蛇を象《かたど》った摘み）部分に刻まれた指紋は古代人のものではなく森田圭介のものだった。すなわち菅原陽一が看破した通り森田圭介は金印のレプリカを作っていたのである。しかもレプリカだと確実に判る方法で。

「圭介さんは嘘や冗談を言う人じゃないわ。金印は、たしかに見つけたんだと思う」

「だとしたら……」

二人は傍らの木の根に並んで腰を下ろす。上方から、かなりの高齢と思われる女性が降りてくる。つぐみたちに近づくと近くの木の根に腰を下ろす。

「お達者ですね」

すぐにつぐみが声をかけた。

「毎日歩いてるよ」

「おいくつですか?」

今度は鯉沼駿平が訊く。

「八十二になる」

「すごい」

つぐみが感嘆の声をあげた。

「自分の庭みたいなところを散歩してるだけだ。凄《すご》いことがあるものか」

「あたしはまだ二十代前半ですけど息が上がっています」

「あんたたち、東京から来たのかい?」

「そうです」

「東京の人と話すのは久しぶりだ」

「そうなんですか。やっぱり以前も観光で来た人と話したんですか？」

「その男は研究者だったよ」

「研究者？」

「ああ。金の宝物を探していた」

「金の……」

つぐみと駿平は顔を見合わせた。

「その人の名前は判りますか？」

「判るとも」

「教えてください」

つぐみが勢いこんで訊く。

「森田さんという人だよ」

「森田……」

「森田圭介ですか？」

「そうだ」

女性は断言した。

「圭介さん、あなたと会ったんですね」

「あんた、森田さんの知りあいかい？」

「娘です」

「あらまあ」

「森田は金の宝物を探していたんですね？」

「そうだ。金の印章だと」

「金印ですね」

「そうだ。そう言っていた」

「あなたは何て答えたんですか？」

「古い言い伝えを教えたよ」

「どんな言い伝えですか？　教えてください」

「八幡沼に金色の印章が眠っている。それだけだ」

「え、金色の印章ですか？」

「そうだ。昔から言い伝えられている」

「金色の印章って……」

「まさに金印だね」

つぐみは頷く。

「その印章は、どのような謂《い》われの印章なんですか？」

「昔この地に広がっていた国の王の印となる印章だ」

「この地に広がっていた国……」

「その国の名前は？」

「知らん」

「王の名前は？」

「知らん」

「その言い伝えは、この辺りでは誰でも知ってるんですか？」

「いいや」

女性は首を横に振った。

「もう何世代も前からうちだけだろうね。言い伝えているのは」

「他の家では？」

「誰も知らないと思う」

「あなたの家ではどうして代々、言い伝えていたんでしょう？」

「さあな」

「今の話を森田さんにも話したんですか？」

「話した」

つぐみは小さく息を吐いた。

「圭介さんは、やっぱり見つけていた」

「そうだね」

「湖の底に眠っているという金の印章……。それが金印なんだわ」

「森田さんも、そんなような事を言っていたよ」

女性が言った。

「判った気がする」

つぐみが呟くと駿平は「何が？」と訊いた。

「圭介さんがレプリカを造った理由」

「え？」

「きっと奉納のためだわ」

「奉納？」

「うん。本物の金印は沼の底に沈んで見ることはできないのよね？」

「そうだね」

「だからせめてレプリカを造って邪馬台国のあった地に収めた。圭介さんもアラハバキの謎《なぞ》を解いていたんだわ。アラハバキ＝卑弥呼だって」

「圭介さんは金印のレプリカをもう一つ作成しようとしていたって聞いたけど」

「きっといくつも作って一つずつ奉納してゆくつもりだったんじゃないかしら。邪馬台国に縁のある地に」

「なるほど。それで複数のレプリカを」

「最初に奉納したのが荒脛巾神社の近くの無人神社。本当は荒脛巾神社に最初に奉納したかったのかもしれないけど、いろいろ手続きが大変そうだから手始めに無人神社に置いたんだと思う」

「それを宝井さんは本物だと思いこんだのか」

「圭介さんは〝本物じゃありませんよ〟って印をつけていたのに」

「指紋だね？」

つぐみが頷く。

「宝井さんは菅原さんや圭介さんの動向を探ってまで金印を見つけたかったのよね。その執念が実ってレプリカの金印を見つけるまではがんばったけど執念が強すぎて真実を見分ける眼が曇っていたのね」

つぐみは女性に向き直った。

「今のお話、もう一度聞かせてもらえませんか？　それを録音させてもらっていいでしょうか？」

「いいとも。家に来るかい？」

「お邪魔してよろしいんですか？」

「いいさ。誰もいないんだから」

「ありがとうございます」

つぐみと駿平は頭を下げた。

「森田さんも録音したんですか？」

「いや、それきり来なくなった」

「そうですか」

きちんと録音しに来ようと思っているうちに殺されてしまったのだ。

「行こうか」

「はい」

二人は立ちあがった。

「お名前をまだ聞いていませんでしたね」

「ほれ」

女性は肩から提げていた水筒をつぐみに見せた。その水筒にはマジックインキで名前が記されていた。

「荒畑日実子《あらはたひみこ》」

「そうだ」

「ヒミコさんって仰るんですか？」

「そうだ。昔からうちは女はそう名乗る」

「それって……」

荒畑日実子は山道を下り始めた。つぐみと駿平も慌てて後を追う。

崖の下には八幡沼が広がっている。

《主な参考文献》

＊本書の内容を予見させる恐れがありますので本文読了後にご確認ください。

『邪馬台国論争』佐伯有清（岩波新書）
『金印偽造事件』三浦佑之（幻冬舎新書）
『蝦夷の古代史』工藤雅樹（平凡社新書）
『謎の神　アラハバキ』川崎真治（六興出版）

＊その他の書籍、および新聞、雑誌、インターネット上の記事など多数参考にさせていただきました。執筆されたかたがたにお礼申しあげます。ありがとうございました。

＊この作品は架空の物語です。

本書は、ハルキ文庫の書き下ろしです。

Haruki Bunko
ハルキ文庫

く 4-5

女子大生《じょしだいせい》つぐみと邪馬台国《やまたいこく》の謎《なぞ》

著者
鯨《くじら》 統一郎《とういちろう》

2019年 8月18日第一刷発行

発行者
角川春樹

発行所
株式会社角川春樹事務所
〒102-0074 東京都千代田区九段南2-1-30 イタリア文化会館

電話
03(3263)5247(編集)
03(3263)5881(営業)

印刷・製本
中央精版印刷株式会社

フォーマット・デザイン 芦澤泰偉
表紙イラストレーション 門坂 流

ISBN978-4-7584-4282-4 C0193 ©2019 Toichiro Kujira Printed in Japan
http://www.kadokawaharuki.co.jp/[営業]
fanmail@kadokawaharuki.co.jp[編集]　ご意見・ご感想をお寄せください。

女子大生つぐみと
古事記の謎

鯨統一郎

大学で古事記を研究する森田つぐみは、ある日、謎の組織に拉致されそうになり、雑誌記者の犬飼に助けられる。おまけに身に覚えのない同級生殺しの容疑者として警察からも追われるはめに。なぜつぐみが狙われるのか。二人は逃走を続けながら、その理由を探る。神武天皇と草薙剣の重大な秘密に迫る、鯨流古代史ミステリー！

ハルキ文庫

タイムメール

鯨統一郎

どうしてあのとき告白しなかったのだろう？　大学四年の裕也は、一年の時に同級生を好きになったが告白できなかった。その後、彼女は大人の男と泥沼の不倫に陥る。ある日、裕也のスマホにメールが届いた。「過去の自分に一度だけメールを送れるとしたら、あなたはいつの自分に、どのようなメールを送りますか？」。過去を悔む人々の運命を変える不思議な物語。

ハルキ文庫